SÉRGIO KLEIN

DIÁRIO DE UMA GAROTA QUE TINHA O MUNDO NA MÃO

2018, Editora Fundamento Educacional Ltda.

Editor e edição de texto: Editora Fundamento
Capa e editoração eletrônica: Commcepta Design; Willian Bill; Lorena R Mariotto Edição de Livros (Bella Ventura)
CTP e impressão: SVP – Gráfica Palloti
Adaptações de Gabriel Klein

Todos os direitos reservados. Nenhuma parte desse livro pode ser arquivada, reproduzida ou transmitida em qualquer forma ou por qualquer meio, seja eletrônico ou mecânico, incluindo fotocópia e gravação de backup, sem permissão escrita do proprietário dos direitos.

Dados Internacionais de Catalogação na Publicação (CIP)
(Câmara Brasileira do Livro, SP, Brasil)

Klein, Sérgio
  Poderosa 2 : diário de uma garota que tinha o mundo na mão / Sérgio Klein – 3. ed – São Paulo – SP: Editora Fundamento Educacional Ltda., 2018.

  1. Literatura infantojuvenil I. Título.

CDD-028.5

Índices para catálogo sistemático:
1. Literatura infantojuvenil 028.5
2. Literatura juvenil 028.5

Fundação Biblioteca Nacional

Depósito legal na Biblioteca Nacional, conforme Decreto n.º 1.825, de dezembro de 1907. Todos os direitos reservados no Brasil por Editora Fundamento Educacional Ltda.

Impresso no Brasil

Telefone: (41) 3015 9700
E-mail: info@editorafundamento.com.br
Site: www.editorafundamento.com.br

Este livro foi impresso em papel papel Lux Cream 70 g/m² e a capa em papel-cartão 250 g/m².

*À memória de duas garotas poderosas:
minhas avós Natalina e Arlete.*

Filosofia no escuro

O penúltimo desejo da minha avó era ser cremada. De uns tempos pra cá, ela passava o dia inteiro de cama, olhando para o teto ou escavando a parede com as unhas. Nos raros momentos de lucidez, agarrava a minha mão com o que lhe restara de forças e me dizia que não queria atravessar a eternidade debaixo da terra, tudo menos isso! Negava-se a ficar trancafiada dentro de um caixão abafado e escuro; só de pensar nessa hipótese, disparava a espirrar. Era inútil lembrar que os mortos não sentem alergia. Não largava a minha mão enquanto eu não lhe prometia, jurava, dava a minha palavra de honra que seu corpo seria cremado. Arriscava, então, o último pedido:

– Quero que as minhas cinzas sejam jogadas sobre um canteiro de rosas.

Na minha opinião, tanto faz apodrecer no subsolo ou virar carvão. O que realmente importa é saber pra onde vai a alma, a aura, o espírito, a essência, a chama ou que nome tenha o *chip* abstrato que faz o olho brilhar e deixa a pele arrepiada. Mas vó Nina também se preocupava

PODEROSA 2

com o corpo e, pensando bem, talvez não seja justo condená-la por esta vaidade de última hora.

Depois do último pedido, ela soltava um sorriso nostálgico e me perguntava pela trocentésima sétima vez se eu sabia que as rosas eram as flores preferidas do vô Plínio. Dizia, então, que naquele tempo ninguém ficava com ninguém. Ficar, no português arcaico, não passava de um verbo intransitivo. Se um cara estava a fim de uma garota, era obrigado a cumprir um ritual que começava com uma troca de olhares à distância (isso tinha o nome de flerte, eu consultei o dicionário) e só chegava ao beijo na boca no fim de uma maratona que durava semanas e, em casos mais graves, meses.

Parte importante do ritual era a serenata, hoje praticamente extinta, mas houve um tempo em que o sonho de consumo dos garotos era aprender violão pra tocar debaixo da janela da namorada em noite de lua cheia. Nem todos, porém, entendiam de música ou levavam a sério esse papo de romantismo. Meu avô, por exemplo, achava que amor à primeira vista, alma gêmea e felicidade eterna eram os ingredientes da fórmula de um xarope enjoativo, com terríveis efeitos colaterais, que os comerciantes empurravam nos consumidores goela abaixo com o propósito de aumentar o lucro na venda de flores, joias e bombons.

A opinião de vô Plínio só mudou depois que ele se envolveu em um acidente. Atrasado para o trabalho, saiu correndo atrás de um bonde e trombou com uma garota que atravessava a rua. Ela estava voltando da escola e caiu perto do meio-fio, esparramando na calçada o conteúdo da bolsa. Do cotovelo esfolado não saiu uma gota de sangue, mas a estudante fez cara de dor e perguntou ao apressadinho por que ele não prestava atenção por onde andava.

Plínio não respondeu. Ajoelhou-se no meio da rua pra recolher os livros e cadernos e então descobriu um nome – Nina – na etiqueta da capa do Atlas. Ficou olhando para a garota com um sorriso lunático. Ela não via onde estava a graça e, de braços cruzados, esperou que ele tivesse a humildade de pelo menos lhe pedir desculpas.

Mas o coitado parecia aflito demais para agir de acordo com regras. Depois de reunir e devolver o material escolar, Plínio respirou fundo pra ganhar coragem e finalmente conseguiu dizer alguma coisa:

– Quer se casar comigo, Nina?

Lá estava ele, de joelhos, em pleno centro da cidade, sob o sol indiscreto do meio-dia, declarando-se a uma desconhecida. Mas e daí? Era como se de repente tivesse perdido o medo do ridículo. Contrariando todas as suas teorias, admitiu que a paixão era mais que uma metáfora comercial e baixou a cabeça como um condenado que se prepara pra ouvir a sentença.

Pelo que a vó Nina me contava, o diálogo foi mais ou menos assim:

– Eu gostaria de saber – ela resmungou – de que manicômio você fugiu.

– Garanto que não sou louco. Bom, pelo menos por enquanto. Mas prometo perder o juízo se você não aceitar o meu pedido.

– Era só o que me faltava... Eu nem conheço você!

Meu avô levantou-se do chão e estendeu a mão trêmula.

– Muito prazer, Plínio. Seu futuro marido.

– Mas como tem cara de pau neste mundo! Fique sabendo...

A frase morreu pela metade. Quando esticou o dedo no nariz do Plínio, Nina deixou à mostra o arranhão provocado pelo tombo. Foi imediatamente interrompida:

– Não me diga que você está com dor de cotovelo por minha causa.

– Minha dor é no e não de!

– Português não é o meu forte. Você bem que podia me dar umas aulas particulares.

PODEROSA 2

— E você podia me dar licença.
— Espere aí, Nina. Vou levar você a um hospital pra cuidar desse machucado.
— Chegando em casa, eu mesma faço um curativo.
— Boa ideia – concluiu Plínio. – Onde é que você mora?

Foi inútil Nina alegar que conhecia o caminho e não precisava de babá. Temendo estar diante de um maluco de carteirinha, ela permitiu que Plínio a acompanhasse e até mesmo carregasse os livros e cadernos. Na porta de casa, ele ainda teve a audácia de perguntar se não podia fazer uma visitinha, afinal de contas estava curioso pra conhecer os sogros. Foi rechaçado com um "não, adeus", mas preferiu entender "quem sabe um dia".

Conhecido o endereço, não foi difícil descobrir o telefone. Ligava pra a casa de Nina todos os dias e acabou fazendo amizade com a empregada, uma gorda negra, ops, uma afrodescendente de mais de 100 quilos a quem chamava carinhosamente de tia Nastácia. A mulher simpatizou com Plínio ("Tão apaixonado esse moço. Ele merece uma chance!") e passou a lhe dar informações preciosas. Com a ajuda de tia Nastácia, Plínio descobriu que Nina estudava na Escola Normal, assistia às matinês de domingo no Cine *Fox*, devorava bombons e palavras cruzadas, morria de medo de lagartixa, mas sentia dó das baratas, gostava de ler poesia em voz alta e tinha feito um curso de grafologia por correspondência, no qual aprendera que a janela da alma eram as mãos, não os olhos.

Tia Nastácia também contou que Nina escondia uma frustração, quase um complexo: jamais havia recebido de presente uma mísera serenata!

Ao saber desse segredo, Plínio comprou um violão e matriculou-se em um curso intensivo do conservatório. Tinha um ouvido tão ruim que o professor achou que ele fosse surdo e, no fundo, esperava que ficasse mudo. Meu avô passava o tempo livre no quarto, praticando o dever de casa, até que os dedos começassem a sangrar e os vizinhos ameaçassem chamar a polícia se ele não parasse com a maldita cantoria.

Com medo de ser despejado, foi obrigado a abandonar o conservatório e vendeu o violão a um seresteiro chamado Henrique. Confessou ao músico que estava apaixonado e pediu-lhe ajuda pra aprender algum instrumento, qualquer um, só assim seria capaz de fazer uma serenata pra Nina.

– Aprender um instrumento leva tempo – deve ter sido a resposta. – Se você não sabe tocar, por que não canta?

Henrique chamou para um ensaio os companheiros de seresta. Ao ouvir a voz de Plínio, os músicos se dividiram entre tapar os ouvidos e torcer o nariz. Todos concordaram, porém, que um sujeito tão desafinado só poderia participar da serenata se jurasse permanecer em silêncio, limitando-se a mover os lábios pra fingir que cantava. Tinham, afinal, um nome a zelar. E não queriam manchar a reputação com uma chuva de ovos.

Era véspera do Dia dos Namorados quando Nina foi acordada por uma canção de amor. Sentiu-se, a princípio, meio confusa, sem saber se a música vinha do sonho, até que se animou a sair da cama e se debruçou na janela. Plínio ficou à frente do grupo e comportou-se como um boneco de ventríloquo, mas a garota estava tão emocionada que não desconfiou da farsa.

No dia seguinte, recebeu um buquê de rosas vermelhas e um cartão com um soneto de amor. Começou a ler o poema em voz alta, como gostava de fazer, e deteve-se diante de um verso que terminava com a palavra *coração*. Era como se, de repente, estivesse sob efeito de hipnose: simplesmente não conseguia tirar os olhos do cê-cedilha!

Parece incrível que uma única letra, ou melhor, que um minúsculo sinal gráfico possa mudar um destino. Mas com a minha avó foi assim! A partir do que havia aprendido no curso de grafologia à distância, concluiu que o autor daquela cedilha era uma pessoa sensível, inteligente, culta, amável, gentil e bem-humorada. Ligou pra agradecer as flores e aceitou o convite pra ir ao cinema.

Não sei se estas anotações podem ser classificadas como diário. Escrevo em cantos de caderno, margens de livros, blocos de rascunho, guardanapos de papel, notas de celular, embalagens de presente, sacolas de pão e folhetos de propaganda. É o que se pode chamar de "literatura multimídia", uma atividade que desconhece horários e dá risada do bom senso. Às vezes, passo dias e dias sem rabiscar um único comentário e, dependendo do grau da TPM na escala Richter, chego a pensar que estou seca e perdi a inspiração pra sempre. Mas de repente, quando menos espero, ao provar um bife malpassado ou no meio de uma explicação sobre polígonos irregulares, sinto uma comichão na mão esquerda e abandono o almoço ou a aula pra registrar uma ideia luminosa.

Acostumada a conviver com o caos, não vejo sentido em comprar um caderno espiral com capa cor-de-rosa pra contar que de manhã fui à escola e tive aula disso e daquilo, no almoço comi suflê de cenoura, mais tarde malhei na academia, voltei pra casa de ônibus, lanchei em frente à tevê, atualizei as redes sociais, fiquei pensando em fulano até pegar no sono e dormi abraçada ao travesseiro. Não sei como tem gente que perde tempo relatando o passo a passo da rotina, chegando ao cúmulo de mencionar que foi ao banheiro e até o que fez lá dentro.

Estou falando da Leninha. Tão infantil, coitada! Ontem à tarde, veio aqui em casa pra estudar e me pediu que corrigisse o diário dela. Naturalmente, reagi com espanto. Considero o diário uma peça tão íntima quanto, sei lá, uma calcinha ou um sutiã – a gente não deveria emprestar e muito menos sair mostrando por aí. Mas Leninha não pensa assim. Ela me diz que sou sua melhor amiga e, como escritora, conheço gramática o suficiente pra fazer uma faxina na ortografia. Vamos dizer que, daqui a trinta, quarenta anos, o tal diário seja encontrado no fundo de um baú. Se estiver cheio de abobrinhas, o que os futuros netos vão dizer da avó?

E eu achando que só os escritores sonham com a posteridade...

Diante da insistência, passei os olhos nas anotações e descobri não apenas erros de ortografia, mas de acentuação, concordância, regência, coesão, coerência e lógica. Fiquei pensando na decepção dos futuros netos da Leninha, mas o que mais me chamou a atenção foi o estilo. Aliás, a falta de estilo. As páginas estão poluídas por desenhos de corações, lábios, olhos, estrelas, espirais, asteriscos, *hashtags*, arrobas e uma infinidade de ícones indecifráveis, sem falar na coleção de adesivos fluorescentes. No alto da página, minha amiga anota a data e começa o relato com um vocativo bastante original: "Meu querido Diário". É como se estivesse desabafando para um ursinho de pelúcia ou uma boneca de pano, a quem faz questão de contar, em ordem cronológica, uma sequência interminável de dias idênticos e sem uma pitada de tempero.

Pra não magoar Leninha, eu disse que ainda não podia me considerar escritora. Minhas obras completas se resumem a uma redação publicada no *Olho Vivo*, o jornal da escola, portanto não me sinto com autoridade pra posar de crítica literária. Se deseja uma opinião segura, por que não mostra o diário para a professora Clarice?

– E os adesivos? – perguntou Leninha, querendo a qualquer custo me arrancar um elogio. – Você não imagina como brilham no escuro!

Tínhamos fechado a porta do quarto pra não incomodar minha avó, que dorme no quarto ao lado e tem o sono muito leve. Leninha apagou a luz a fim de me mostrar os adesivos brilhantes, mas eu aproveitei a escuridão pra fazer filosofia e perguntei a mim mesma, de mulher pra mulher, se eu também me preocupava em deixar uma herança para os meus netos virtuais.

PODEROSA 2

Em outras palavras, o que me leva a escrever?

Quando têm de responder a essa pergunta, os autores dizem que escrevem porque querem ser imortais, ou ficar famosos, ou ganhar uma fortuna, ou conquistar atrizes e modelos, ou espantar o tédio, ou mentir sem culpa, ou fugir da realidade, ou adiar a loucura, ou se vingar do zero que um dia ganharam de uma antiga professora de redação. Nenhum desses motivos me apetece. Se fosse entrevistada, eu diria que comecei a escrever com a humilde pretensão de criar histórias que divertissem os leitores – entre os quais, naturalmente, estou incluída. Na verdade, sou a primeira da fila.

Foi com esse inocente propósito (divertir o professor Apolo e, de quebra, faturar uma boa nota no trabalho de História) que compus a tal redação publicada no *Olho Vivo*. Estávamos estudando a Idade Média e recebemos a tarefa de fazer uma dissertação sobre uma personagem marcante desse período. Escolhi, então, Joana d'Arc, de quem sou meio xará. Minha mãe até hoje é devota da santa padroeira da França e cismou de me dar o nome de Joana, enquanto meu pai queria porque queria homenagear a mãe dele, Dalva, recém-falecida. Em resumo: fui batizada como Joana Dalva. Nunca vou perdoar o escrivão por ter sido cúmplice desse desastre. Joana Dalva! Isso lá é nome de escritora?

Mas, como eu ia dizendo, Apolo encomendou a pesquisa e me botou no mesmo grupo da Danyelle. Encarregada da primeira parte da pesquisa, ela tirou da internet uma porção de pedaços e emendou um no outro até transformar Joana d'Arc em um verdadeiro Frankenstein. A conclusão do trabalho – narrar a cena da fogueira – ficou por minha conta. Pra compensar os remendos da Dany, achei que tinha a obrigação de ser a mais original possível. E, de mais a mais, qual a graça em repetir que Joana d'Arc foi presa pelos ingleses, julgada e condenada por bruxaria e morta na fogueira aos 19 anos? O que me encanta na literatura é justamente a possibilidade de surpreender os leitores, por isso deixei de lado a História e inventei que a heroína francesa tinha escapado da prisão e conduzido o exército francês à vitória contra os ingleses. Terminada a Guerra dos Cem Anos, Joana volta à cidade natal e vive o bastante pra narrar as suas memórias.

Eu é que quase fui atirada à fogueira quando li a redação na sala de aula. O professor Apolo só faltou me chamar de herege e condenou nossa equipe a um zero inafiançável. A pena, porém, não tardou a ser revista. Naquela mesma noite, os jornais da tevê anunciaram uma manchete que botava fogo na História: um grupo de arqueólogos franceses tinha encontrado o diário de Joana d'Arc, no qual ela confirmava todos os detalhes da minha redação.

Só então descobri que a literatura podia mudar o mundo – pelo menos, a *minha* literatura.

Canhota, tudo o que escrevo com a mão esquerda se converte em realidade imediata. Pode parecer que utilizo esse dom pra produzir grandes façanhas, como mexer na biografia de personalidades e alterar o curso da História. Não é bem assim. Boa parte das minhas histórias se passa no ambiente doméstico e tem como personagens meus pais, meu irmão, minha avó, colegas, professores e vizinhas. Mas não sou escrava do realismo: também gosto de lidar com personagens fictícios e foi isso o que fiz na tarde em que Leninha me mostrou o seu diário fluorescente.

O esganado do meu irmão tinha acabado de voltar da escola e, como sempre, ligou a tevê pra jogar *video game* e perguntou o que é que tinha pra comer. Minha mãe já estava na cozinha, preparando um copo duplo de vitamina, quando deu um berro por causa de uma barata voadora e me fez pensar na Salete.

Dona do salão de beleza que frequento, Salete costuma dizer que matar barata e trocar lâmpada são tarefas exclusivas dos homens. Mais exatamente, dos maridos: "É pra isso, afinal, que eles servem". Acontece que meus pais estão separados e, na minha casa, o único

PODEROSA 2

representante do sexo masculino é meu irmão Xandi. O pirralho tem 8 anos bem vividos, mas continua agindo como se o próprio umbigo fosse o Sol ao redor do qual gravitam todos os planetas da Via Láctea. Hipnotizado pelo *video game*, ele não ouviu a gritaria. Só eu, portanto, poderia acudir a minha mãe. Ela enxugava as lágrimas com o pano de prato e apontava para o canto da cozinha: era lá, debaixo do fogão, que a nojenta tinha aterrissado.

Sinto nojo de barata como qualquer garota, ou como qualquer garota normal, de modo que cogitei telefonar para o meu pai. Mas minha mãe não concordou: matar barata é tarefa de marido atual, não de ex! Será que eu não poderia, quem sabe, resolver a situação de outro jeito?

Tudo bem, não me custava nada. Peguei um lápis e anotei no canto do caderno, longe dos olhos da Leninha:

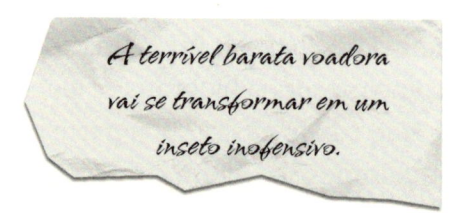

> *A terrível barata voadora vai se transformar em um inseto inofensivo.*

Dali a instantes, uma joaninha saiu de baixo do fogão. Minha mãe me agradeceu a frase com uma piscadela cúmplice e continuou preparando a vitamina do Xandi. Leninha foi até a cozinha pra tomar um copo d'água e, por um triz, quase pisou na minha minúscula personagem. Antes que ocorresse um acidente, encostei o dedo no chão e esperei que a joaninha escalasse o meu braço. Quase morri de cócegas quando se aproximou do cotovelo, detendo-se ao lado de uma pinta que deve ter confundido com um macho tímido. Logo depois, percebendo o engano, voou em zigue-zague pela sala e seguiu em direção ao corredor.

Deixei-me guiar pela joaninha até o quarto da vó Nina, que estava deitada de lado e esburacava a parede com as unhas. Confesso que nunca compreendi esse estranho passatempo e, na falta de uma boa explicação, acabei me contentando com a versão oficial da família: a coitada tinha perdido o juízo e vivia em um mundo sem lógica, onde a única distração possível era cavar um buraco na parede do quarto.

Se estava procurando algo, naquela tarde ela encontrou:

– Que saudade! – sussurrou, virada para a parede. – Mas você não mudou nada, hein? Na verdade, ficou ainda mais bonito.

Quando deu pela minha presença, vó Nina me disse que precisava ir embora. Ora essa, pra onde? Apontou o buraco na parede e me contou que meu avô estava lá dentro, à espera, com o mesmo casaco que tinha usado na noite da primeira serenata. Parece que ela queria me falar da tal noite, mas só teve forças pra sorrir e lentamente largou a minha mão.

Vergonha de morrer

Um dia desses, na aula de Literatura, Clarice abriu um livro do Drummond e leu o poema *Memória*, que termina dizendo que "as coisas findas, muito mais que lindas, estas ficarão". Transcreveu, então, os versos no quadro e comentou que o poeta se referia às mortes que a gente vai acumulando ao longo da vida.

— Como assim, a gente? — indignou-se Danyelle, cruzando os dedos em figa e dando três batidinhas na carteira. — Ainda sou *muita* nova pra ficar pensando nisso. Papo mais deprê!

Danyelle era considerada a maior semeadora de abobrinhas da sala; quem poderia levar a sério uma garota que se acha a rainha da Inglaterra só porque possui um *y* no meio do nome? Eu seria capaz de apostar que ela receberia uma chuva de vaias, mas a turma lhe deu apoio e se voltou contra a professora.

— Baixíssimo astral! — disse Leninha. — Um poema assim não acelera o coração nem provoca suspiros.

Debrucei-me na carteira da minha ingênua amiga e tentei lhe explicar que a poesia não tem a função de aumentar o nível de adrenalina no sangue do leitor. Meu sussurro foi engolido, no entanto, pelo vozeirão do Guto:

— Por que é que todo poeta tem mania de escrever sobre a morte? Será que isso não afasta os leitores?

Tive vontade de responder que todas as formas de arte tratam dos mesmos temas, inclusive os filmes de exterminadores androides a que os garotos assistem com água na boca. Mas nesse instante Marcelo ergueu o braço e ficou estalando os dedos até que Clarice lhe deu a palavra. Ele sempre começava lembrando que era o representante da turma – e dessa vez não foi diferente:

— Como representante da turma, tenho de concordar com os colegas. A gente ainda tem muita vida pela frente e não quer perder tempo com um assunto que é problema da terceira idade.

Depois de ouvir todas essas pérolas, Clarice perguntou se alguém mais queria se manifestar. Eu adoraria nadar contra a correnteza e fazer uma defesa apaixonada do Drummond, acontece que não gosto de falar em público (meu forte é escrever sozinha) e preferi esperar pelo depoimento da professora. Ela disse que o poema não tinha nada de fúnebre, mórbido ou sinistro. Os versos traziam, sem dúvida, uma certa dose de melancolia, mas isso não deveria ser confundido com pessimismo. Muito pelo contrário: é preciso apostar todas as fichas na esperança pra supor que as coisas findas sobrevivem à morte.

Pensei que Clarice continuaria falando sobre literatura, mas de repente fechou o livro e pulou para a filosofia. Contou que tinha nascido em uma cidade do interior, onde os velórios eram realizados em casa, com a janela aberta e na presença das crianças, que desse modo se acostumavam a encarar a morte. Mas, de uns tempos pra cá, esse assunto virou tabu e sumiu das salas de visita. Tem gente que evita pensar na morte ou até mesmo pronunciar a palavra – pelo menos na frente dos filhos. Sob o pretexto de impedir que a garotada sofra,

PODEROSA 2

muitos pais estão ajudando a formar uma geração que se julga eterna e trata a morte como um fenômeno que só ocorre com os outros.

— As pessoas, antigamente, tinham medo de morrer — concluiu Clarice. — Hoje em dia, parece que sentem vergonha.

Clarice tem razão quando diz que as famílias varrem a morte pra baixo do tapete. Na minha família, pelo menos, foi assim. Ao entrar no quarto da vó Nina e me ver chorando diante da cama, minha mãe não veio me abraçar nem me ofereceu o ombro. Só estava preocupada em impedir que Xandi assistisse à cena. Com receio de causar um trauma irreversível, chegou ao cúmulo de me pedir que levasse meu irmão até o *playground* e ficasse lá brincando com ele até que o corpo da minha avó fosse levado do apartamento.

O plano não decolou. Antes que eu pudesse enxugar os olhos, Xandi apareceu no quarto e viu a joaninha passeando na testa da vó Nina.

— Engraçado — limpou o bigode de leite na manga da camiseta. — Por que a vovó não sente cosquinha?

Contar ou não contar, eis a questão! Minha mãe tentou tirar o garoto do quarto, mas ele conseguiu soltar o braço e se debruçou na cama pra examinar a joaninha de perto.

— A sua avó... — minha mãe se engasgou nas reticências.

— Morreu, já sei — disse meu irmão. — Mas ela não tem mais nenhuma vida?

Xandi percebeu a nossa cara de espanto e informou como funcionava o seu jogo preferido de *video game*: o gladiador iniciava o combate com uma única vida, mas deixava de ser vulnerável à medida que derrotava os inimigos e ia colecionando vidas extras até alcançar a imortalidade.

Não foi fácil explicar que as regras do *video game* não se aplicam ao mundo real. Sem saber o que dizer, minha mãe gaguejou que as almas viajam para o céu e foi cruelmente metralhada de perguntas. Quanto tempo dura essa viagem? Qual a velocidade do foguete? No céu existe tevê? Celular? *WhatsApp? Facebook?*

Tive de ajudar minha mãe a rebater o interrogatório, mas nem sempre as respostas coincidiam e de vez em quando entravam em conflito. Mas Xandi não estava nem aí para as nossas tímidas explicações. Ajoelhado no colchão, ele estendeu o braço sobre o rosto da vó Nina e me deu a impressão de esboçar uma carícia de despedida... Que ilusão! O gesto era parte da estratégia pra capturar a infeliz joaninha!

Nunca fui militante ecológica, dessas que se amarram a troncos de árvores pra impedir o avanço das motosserras, mas viro bicho quando deparo com um animal judiado. Conheço bem o meu irmão: a pretexto de realizar experiências científicas, ele não hesita em arrancar as asas de mosquitos, amputar as patas de besouros e esfregar vaga--lumes nos dentes pra ver se o sorriso brilha no escuro. Não sei do que Xandi seria capaz se tivesse nas mãos uma joaninha. Temendo pelo destino da minha personagem, senti aflorar o instinto maternal quando meu irmão conseguiu agarrá-la e saiu correndo pela casa.

Pensei que fosse se trancar no seu quarto, mas a porta ficou entreaberta. Do corredor, vi o moleque trepar na estante e retirar da última prateleira uma caixa de sapatos. Em vez de guardar a joaninha lá dentro, abriu a tampa e esvaziou a caixa. O chão encheu-se de pequenos insetos, que foram colocados lado a lado, pacientemente, embora muitos não soubessem que deveriam ficar quietos. Quando todos estavam mais ou menos alinhados, Xandi estalou os dedos e deu a largada.

Assistir à corrida de insetos parece coisa de maluco, mas talvez seja o modo que Xandi encontrou pra se distrair do sofrimento. Não querendo deixá-lo sozinho, pensei em pedir a Leninha que fizesse companhia a meu irmão e aproveitasse pra proteger os insetos de

PODEROSA 2

qualquer experiência científica. Minha amiga, porém, tinha evaporado, deixando pra trás a mochila.

Eu, hein! Liguei para a portaria. Seu Esteves demorou um século pra atender e bocejou que nãããããão, não tinha visto ninguém descer do elevador. Não viu porque, como sempre, estava dormindo em serviço! Isso era o que eu queria responder, mas não está entre aspas porque na última hora mordi a língua. Não seria justo despejar no porteiro o coquetel de raiva, tristeza e desamparo que eu sentia com a morte da minha avó. Agradeci entre dentes e fui até a sala pra saber com quem minha mãe estava brigando.

Deixando de lado o orgulho, ela havia telefonado para o consultório do meu pai. A secretária, Xirlei com x, informou que no momento o doutor Nélson estava fazendo uma extração e não podia ser interrompido, mas minha mãe disse que era caso de vida ou morte, aliás de morte, e começou a chorar. Peguei o telefone, dei a notícia a Xirlei e pedi que avisasse o meu pai.

Não sei como ele se virou pra dispensar o paciente e driblar o trânsito do fim de tarde: o fato é que levou menos de dez minutos pra chegar ao apartamento. Ficou abraçado à minha mãe, sem dizer nada, e por um instante apostei que um dia voltariam a se entender. O abraço só não foi mais longo porque o troglô do meu irmão entrou na sala e se pendurou no pescoço do meu pai.

– Você sabia – ele foi logo perguntando – que a vovó não sente mais cosquinha?

Vó Nina e meu pai sempre conviveram em uma bem-humorada simbiose: pra se vingar das piadas de sogra que ele contava na hora do almoço, ela preparava sobremesas irresistíveis mesmo para um inimigo das cáries. Depois que vó Nina sofreu o derrame e não pôde mais ir ao consultório, meu pai continuou tratando dela em casa, ajudando na escovação e no uso do fio dental. Ela costumava perder a paciência e morder o dedo do genro, que, por sua vez, ameaçava arrancar-lhe os dentes – sem anestesia – se não se comportasse como uma boa menina.

    Agachado ao lado da cama, meu pai roçava as costas da mão no cabelo ralo da vó Nina. Estava tão distraído que não viu minha mãe abrir o guarda-roupa e sacudir os cabides.

– Preciso de ajuda pra escolher a roupa da mamãe. Vocês acham falta de respeito se ela for enterrada com um vestido estampado?

    Eu não estava com cabeça pra decidir sobre o último modelito da vó Nina. Mas nem por isso fiquei quieta:

– Espere aí, mãe. Ela cansou de pedir pra ser cremada.

– Que história é essa?

– Pediu, sim. Me fez prometer, inclusive, que jogaria as cinzas em uma roseira.

– Bobagem, Joana. Nos últimos tempos, a mamãe não dizia coisa com coisa.

    Meu pai saiu em defesa da sogra:

– Também não é assim. Apesar da doença, dona Nina tinha muitos momentos de lucidez.

– Como é que você sabe, Nélson? Você nem mora mais nesta casa!

– Tudo bem, minha querida. Mas no tempo em que eu morava...

– Águas passadas. E não me chame de querida, por favor. Muito menos de *minha* querida.

    O silêncio ficou pesado, mas terminou com um pedido de desculpas. Minha mãe admitiu que estava nervosa e procurou se justificar. Professora de História na faculdade, ela costumava associar o ritual da cremação ao martírio sofrido pelos judeus durante a Segunda Guerra. Não gostava da ideia de pulverizar os mortos e muitos menos de espalhar as cinzas por aí. Por que não enterrar a vó Nina ao lado do corpo do vô Plínio, no túmulo da família, onde a gente pode rezar e levar flores no Dia de Finados?

– Porque não era isso o que ela queria – respondi, sem disfarçar

PODEROSA 2

a irritação. – E ninguém precisa ir ao cemitério pra rezar pelos mortos.

Xandi perguntou o que significa cremação e ouviu do meu pai uma explicação breve, mas didática. Ao compreender o motivo da briga, meu irmão falou sobre um número de circo que tinha visto na tevê: o mágico trancava a assistente em uma caixa e dividia a mulher ao meio com um serrote.

– Vocês podiam fazer igual com a vovó. Da cintura pra cima, ela seria enterrada, e da cintura pra baixo, cremada. Ou então o contrário. Quem ganhar o par ou ímpar escolhe.

A crueza da proposta encerrou a discussão. Minha mãe acabou se resignando a respeitar o desejo da vó Nina, mas em troca exigiu que jogássemos as cinzas em uma roseira do próprio cemitério. Fez questão, ainda, de mandar gravar no túmulo uma frase em memória da minha avó. E encomendou a criação do epitáfio à escritora da família.

Por que a maioria dos homens não chora em público? Talvez seja falta de tempo. Acho que meu pai gostaria de continuar aqui em casa, recordando as piadas que contava para a sogra e os doces que ela fazia, mas teve de sair atrás de um médico que assinasse o atestado de óbito. Enquanto minha mãe me pedia ajuda na escolha do vestido da vó Nina, Xandi queria que eu fosse ao quarto dele pra ver o fim da corrida: a joaninha estava na frente e já se aproximava da linha de chegada!

Não pude atender a nenhum dos dois: o celular falou mais alto. Bastou que eu ouvisse alô pra reconhecer a voz do Marcelo; como representante da turma, ele me apresentou os pêsames e me perguntou onde seria o velório. Eu disse que não sabia e sugeri que ligasse mais tarde. O celular voltou a tocar, ainda mais estridente; dessa vez, era a Danyelle. Ela começou a choramingar e confessou que gostava muito da vó Nina, mais até que de mim. Aquilo era o quê, um elogio ou uma ofensa? Na dúvida, respondi obrigada e aproveitei pra perguntar como soubera da notícia.

Leninha não entrou no quarto da vó Nina, mas com certeza percebeu que ela havia morrido e se encarregou de avisar Deus e a escola. Colegas, professores e diretores resolveram me ligar ao mesmo tempo e fazer as mesmas perguntas sobre o local do velório. Fiquei com a orelha fervendo e adotei uma solução extrema: colocar o celular no modo avião! Nem assim foi possível conseguir uma trégua: logo em seguida, o interfone tocou e me deixou ansiosa. E se eu tivesse de enfrentar uma comissão de alunos em visita oficial de pêsames?

Foi um alívio quando seu Esteves me informou que quem estava lá embaixo era a Salete e o filho. João chegou soprando a franja, como costuma fazer nos momentos de aflição. Faz pouco tempo que a gente está namorando, mas já aprendi a interpretar o código de gestos que ele utiliza quando não sabe o que dizer. Estava ali pra me consolar em silêncio e, apesar da timidez, não teve pudor de me abraçar na frente da mãe.

Seguimos os três até o quarto da vó Nina. Salete fez uma oração na cabeceira da cama e depois do amém comentou que nunca conhecera um espírito tão... *fashion*! Enxugou os olhos com um lenço de papel e retirou da bolsa um estojo de primeiros socorros cosméticos. Pediu licença pra maquiar a minha avó e, ante o olhar de censura do filho, apressou-se em explicar que não usaria cores fortes, apenas um pouco de *blush* pra quebrar a palidez.

Minha mãe aprovou a ideia e perguntou se não seria o caso de passar base nas unhas e também dar um jeito no cabelo da vó Nina. Salete disse que sim, faria o serviço completo, mas antes me chamou em um canto e examinou a palma da minha mão esquerda.

– Parece um mapa do tesouro – ela disse maravilhada. – Veja só a extensão e a profundidade desta linha. Você nasceu poderosa, Joana, e é capaz de fazer o que quiser. Até milagres.

Poderosa 2

Embora seja a dona do salão de beleza, Salete não abandonou o alicate. Ela continua trabalhando como manicure e, atendendo a pedidos, também exerce o dom de vidente. Muitas freguesas que vão atrás dela, a pretexto de cuidar das unhas, estão mais interessadas em mostrar a palma da mão pra saber se a linha do destino lhes reserva um marido rico ou um prêmio acumulado da loteria.

Acreditando ou não em quiromancia, não há como negar o talento da Salete. Foi ela quem previu que eu tinha o mundo na mão e poderia transformar a realidade com as palavras. Sempre confiou na força da minha ficção e um dia me pediu o favor de ressuscitar Frederico. Este cachorro, apesar de vira-lata, possui nome e olhar de gente e é tratado como membro da família. Tinha sido morto pelo ex-marido da Salete e jazia em uma poça de sangue quando concordei em criar uma frase pra tentar o milagre. Foram, na verdade, duas frases, rabiscadas no canto de uma conta de luz: *Frederico não é gato, mas também tem sete vidas. E vai se levantar agora mesmo.* Mal terminei de escrever, o bicho mexeu o rabo, sacudiu o pelo úmido de sangue e começou a correr e latir pelo quintal.

Disse Salete que não há diferença entre ressuscitar um cachorro e uma avó. E completou, quase sem voz:

– Por que você não junta algumas palavras pra botar a dona Nina de pé?

Repeti o que tinha respondido à minha mãe a propósito da cremação:

– Porque não era isso o que ela queria.

Não faz muito tempo, pensei em fazer uma redação pra acabar com as rugas, estrias e cabelos brancos da vó Nina. Chegamos a conversar sobre isso, mas ela resmungou que não sonhava ser eterna e só desejava curtir a velhice em paz. Conclusão: se não queria rejuvenescer, que motivos teria pra ressuscitar?

Salete concordou com a minha lógica, mas não parecia muito convencida.

— Engraçado – ela disse, espiando a palma da mão da minha avó. – Essas linhas mostram que dona Nina ainda tinha muita vida pela frente.

Vestido estampado, sandálias de salto e um colar de pérolas que dava duas voltas no pescoço: foi assim, com roupa de festa, que vó Nina passou a noite do velório. É pena que ninguém pôde atestar a elegância da anfitriã; o caixão permaneceu aberto, mas um cobertor de flores tapava o corpo dos pés até o queixo, deixando à mostra o rosto levemente maquiado e as mãos de unhas impecáveis cruzadas na altura do peito.

Compareceram à capela do bairro alguns vizinhos, colegas de faculdade da minha mãe e dois ou três clientes do meu pai. O que mais me comoveu, no entanto, foi a inesperada presença de tantos moradores de rua: muitos falavam com saudade do caldo de feijão que vó Nina preparava e distribuía, antes de adoecer, com a ajuda de voluntárias.

As pessoas chegavam ao velório de cabeça baixa, soltavam um suspiro diante do caixão, distribuíam tapinhas nas nossas costas e diziam que minha avó foi descansar, que ela estava com uma expressão serena, que Deus sabe o que faz, que pra morrer basta estar vivo, que foi uma perda irreparável, que o mundo ficou mais pobre. Sei que a intenção era nos consolar, mas a falta de originalidade dos comentários me deixou ainda mais deprimida.

Acredito que a literatura tem o papel de combater os clichês, os chavões, as palavras gastas, as frases feitas e de efeito: evitar, em resumo, que a língua seja corroída pelas repetições e se transforme em um mugido de vaquinhas de presépio. O problema é que diante da morte as pessoas perdem a naturalidade. Lembrar histórias divertidas da vó Nina talvez servisse pra consolar a família, mas quem se atreveria a misturar humor e morte?

PODEROSA 2

O único lance engraçado da noite ficou por conta da Leninha. Ah! Essa minha amiga não existe!

O sonho dela é tornar-se primeira-dama, mas por enquanto não tem idade pra se casar com um candidato a presidente da República e se contenta em ficar com o representante da turma. Não sei se Marcelo gosta de política ou apenas usa o prestígio do cargo pra impressionar as garotas. De um jeito ou de outro, ele se julga uma autoridade e me cumprimentou com tanta cerimônia que merecia ser tratado por Vossa Excelência.

Leninha também não parecia à vontade. Pendurada no braço do Marcelo, arrastava os pés lentamente e por pouco não tropeçou nos degraus da entrada. Tive a impressão de que ela não enxergava direito e achei que a culpa fosse dos óculos escuros. Logo descobri, no entanto, que se movia feito cega, ops, deficiente visual porque estava de olhos fechados.

Ao me abraçar, Leninha se desculpou por ter fugido da minha casa às pressas, acontece que não se sentia preparada pra ver o cadáver da minha avó. Confessou que tinha pânico de gente morta e só concordara em ir ao velório porque me considerava uma irmã – e também por insistência do Marcelo. Foi ele quem lhe deu os óculos e o braço pra que ela caminhasse sem abrir os olhos.

O medo não era privilégio da minha trêmula amiga. Das colegas de sala presentes ao velório, a maioria só conhecia os mortos do cinema e permaneceu na entrada da capela. Ouvi a professora Clarice dizer a um grupo de garotas arregaladas que a gente aprende ficção é pra cair na realidade, portanto não dá pra continuar fingindo que a morte não existe ou que só acontece com os outros. Apesar de todos os argumentos, as colegas me acenaram de longe e não se aproximaram do caixão.

Agradeci a presença acenando de volta, mas minha mão ficou parada no ar quando vi um deus grego invadir o recinto. Não, eu não estou exagerando. O professor de História personifica o ideal da beleza clássica. Pela pitada de grisalho, dá pra arriscar a idade, algo em torno dos 40, mas o físico de garoto sarado ainda provoca arrepios e suspiros. Não admira que, entre as garotas, Paulo seja conhecido como Apolo. Além de todos os atributos anatômicos, ele é inteligente, culto, irônico e, ufa, solteiro.

Faz algum tempo que Salete conquistou o coração de Apolo e tornou-se a mulher mais invejada da escola. Os dois atravessaram a capela sob uma onda de murmúrio e tietagem; Dany chegou a pegar o celular pra tirar uma foto do casal. Enquanto Salete abraçava minha mãe, Apolo apertou a mão do meu pai e em seguida veio falar comigo. O assunto? Não faço ideia. Na ânsia de descobrir se os olhos dele eram verdes ou azuis, não prestei a menor atenção às palavras. Talvez tenha tentado me consolar com alguma frase pré-fabricada, mas o que me trouxe alento foi ganhar um beijo e sentir a face espetada pela barba por fazer...

Essas reticências não significam que estou de olho no Apolo. A ligação que mantenho com essa divindade é meramente platônica – nem poderia ser diferente: afinal de contas, ele anda saindo com a mãe do meu namorado.

Ou será que João e eu só estamos ficando?

Seja como for, João não sabia o que fazer pra aliviar o meu sofrimento. De vez em quando, vinha me abraçar e me perguntava se eu estava bem, se precisava de alguma coisa, se não queria ir até a lanchonete da esquina pra tomar um suco de maracujá. E a paciência que teve com o Xandi! Meu irmão levou para a capela um *video game* de bolso e, sentado em um canto, ficou cuidando de um bichinho virtual de estimação que a cada minuto apitava de fome. Muita gente já estava incomodada com o barulho, mas por sorte João entende desses joguinhos eletrônicos e sentou-se junto ao cunhado pra lhe mostrar como se enche a pança do bicho.

Foi nessa hora que dei pela presença de um senhor de cabeça branca e cabelos na altura dos ombros. Seria um morador de rua?

Poderosa 2

Passou algum tempo parado à porta, como se hesitasse em entrar, depois avançou pelo corredor central da capela. À medida que se aproximava, pude reparar que, no dorso da mão dele, havia um Z tatuado. Pensei que fosse algum cliente do meu pai, mas os dois se cumprimentaram tão formalmente que abandonei essa hipótese. Da minha avó, ao contrário, ele devia ser íntimo, tanto assim que se debruçou no caixão e começou a soluçar.

A invasão do velório por um desconhecido em prantos só deixava duas alternativas à minha imaginação de escritora: ou o sujeito era doido, ou então a vida da vó Nina escondia a surpresa de um amor explosivo. Mas ela sempre me pareceu tão apaixonada pelo vô Plínio...

Dessa vez, as reticências simbolizam o caos. Minha cabeça estava zonza de perguntas quando o homem tirou um lenço do bolso e esfregou os olhos úmidos. Por fim, veio falar comigo. Em vez de me dar os pêsames, ele se limitou a lamentar:

– É uma pena, Joana, que não pude ser seu avô.

O que será que ele queria dizer? Pegou uma flor sobre o caixão e foi embora sem explicar como sabia o meu nome.

Vitamina de aveia com avó

A viagem de Cabral até o Brasil não foi exatamente um cruzeiro de luxo. Naquela época, os navegadores já sabiam que a Terra é redonda, mas muitos marujos ainda duvidavam dessa teoria e embarcavam nas caravelas com receio de despencar em uma cachoeira que os levaria aos quintos dos infernos. Chegar ao fim do mundo, porém, não era o único temor da tripulação dos 13 navios que em 22 de abril de 1500, depois de navegar por um mês e meio, finalmente avistou o Monte Pascoal e esfregou os olhos pra ter certeza de que não estava sonhando. Além dos monstros que assombravam a imaginação recém-saída da Idade Média, os navegantes tinham de enfrentar obstáculos concretos, como tempestades, maremotos, escorbuto, navios piratas, falta de comida e de água potável. Oficiais e marinheiros alimentavam-se de carne salgada, cebola, vinagre, azeite, água e vinho, mas o prato principal, por assim dizer, eram os chamados "biscoitos de marear". Tratava-se de uma bolacha salgada que, ultrapassado o prazo de validade, transformava-se em uma pedra fedorenta e destruía os dentes,

PODEROSA 2

estômagos e intestinos mais aventureiros. A diarreia se espalhava como uma epidemia, por isso duvido que algum marinheiro tenha encontrado forças pra berrar "terra à vista", como contam os livros de História.

    Onde aprendi tudo isso? Nas aulas de Literatura! Clarice acredita que a ficção se nutre de todas as disciplinas, de modo que não pediu licença a Apolo pra discorrer sobre as grandes navegações. Depois de nos contar como os tripulantes comiam, trabalhavam, dormiam, se divertiam e faziam as necessidades, a professora revelou que tinha um especial interesse por um daqueles personagens. Não estava falando de Cabral, como muita gente pensou, mas de Pero Vaz de Caminha, autor do primeiro texto em língua portuguesa produzido em nosso território.

    Na opinião da professora de Literatura, não existem textos totalmente objetivos ou isentos de ideologia; até mesmo as bulas de remédio estão carregadas de metáforas, e, pra bom entendedor, a poesia brota nas entrelinhas como erva nas frestas das calçadas de cimento. Embora não seja considerada uma obra literária, há um bocado de ficção na carta que Caminha escreveu ao rei de Portugal, dom Manuel I, o Venturoso, relatando as belezas naturais da nova colônia e os bizarros costumes dos indígenas.

    A carta foi assinada em 1.º de maio, portanto Caminha deve ter levado mais de uma semana pra concluí-la. Será que estava intoxicado pelos "biscoitos de marear" e precisou de alguns dias, após o desembarque, pra encontrar inspiração? Clarice disse que o ideal seria examinar cada parágrafo do documento, mas por falta de tempo tinha selecionado alguns trechos que passou a ler em voz alta.

    Ao ouvir que alguns índios tinham "os beiços furados e nos buracos traziam uns espelhos de pau", Danyelle não se conteve:

– Eu aposto que os portugueses ficaram encantados quando viram as índias com *piercing*!

Mas é mesmo muito convencida! Só porque tem meia dúzia de argolas espalhadas pelo corpo, Dany acha que esse tipo de adereço seria capaz de impressionar os marujos. Convencida e insistente:

– As índias só usavam *piercing* no rosto? Ou será que, como eu, também enfeitavam outras partes... mais secretas?

– Não se esqueça – informou Clarice – de que elas andavam nuas. Não havia nenhuma parte secreta onde esconder um *piercing*.

– Nuas? – os garotos perguntaram em uníssono, frustradíssimos por não terem nascido no fim do século XV e participado da expedição de Cabral.

Marcelo foi o porta-voz da curiosidade masculina:

– Você está querendo dizer, professora, que as índias desfilavam sem nada? Não usavam, sei lá, nem uma peninha de arara?

Clarice respondeu com um trecho da carta:

– "A feição deles é serem pardos, um tanto avermelhados, de bons rostos e bons narizes, bem-feitos. Andam nus, sem cobertura alguma. Nem fazem mais caso de encobrir ou deixar de encobrir suas vergonhas do que de mostrar a cara. Acerca disso são de grande inocência."

– Não entendi – disse Leninha. – Se os índios estavam com vergonha, por que não vestiam uma canga? Ou, então, um vestidinho básico?

– Quem se sentiu envergonhado foi o Caminha – explicou Clarice. – De acordo com a rígida moral da época, não ficava bem escrever ao rei que as nativas do Novo Mundo deixavam à mostra os genitais, ou o sexo, ou a vulva. Os autores eram obrigados a usar palavras mais sutis, como vergonha, que nesse contexto deixa de ser substantivo abstrato e vira concreto.

– Imaginem a adrenalina dos gringos – disse Guto – quando eles viram as índias com as... vergonhas de fora!

PODEROSA 2

O comentário destinava-se às carteiras vizinhas, mas a sala inteira escutou e riu. Guto não se intimidou:

– É isso mesmo, gente. Depois de passar tanto tempo no mar, os marinheiros olhavam para os golfinhos e enxergavam sereias. Pra mim, esses caras vieram ao Brasil pra fazer turismo sexual!

– Também não é assim – disse Clarice. – Mas reconheço que, infelizmente, houve casos de agressão e estupro.

– Os marinheiros usavam camisinha? – perguntou Dany. – Ou será que eles não se preocupavam com a aids?

Clarice lembrou que naquele tempo havia outros males:

– O que matava os índios era a varíola, a malária, o tifo, a difteria. Eles tinham pouca resistência às doenças dos brancos. Até um simples resfriado podia ser fatal.

João levantou o braço:

– E câncer de pele? Os índios ficavam tão expostos ao sol...

A pergunta era dirigida à professora, mas Dany, pra variar, se intrometeu:

– Índio não é bobo, garoto! Você acha que eles não usavam protetor solar?

– Caminha conta – disse Clarice, com os olhos outra vez na carta – que "andavam lá outros, quartejados de cores, a saber metade deles da sua própria cor, e metade de tintura preta, um tanto azulada; e outros quartejados d'escaques". Quer dizer, pintados de xadrez. Como vocês veem, não há nenhuma menção a protetor solar ou coisa parecida.

– E daí? – rebateu Dany. – Quem garante que o Pedro não mandou um *e-mail* dando mais detalhes sobre os índios?

Ninguém conseguiu segurar o riso. Fazia poucos dias que vó Nina havia morrido, por isso eu ainda não tinha ânimo pra participar dos debates em sala de aula. Mas não conseguia engolir as abobrinhas da Dany:

— O nome é Pero, e não Pedro. Como é que ele ia passar um *e-mail* para o rei de Portugal? Pedindo a algum índio um computador emprestado?

— O Brasil não tinha computador — admitiu Danyelle. — Mas o Pero pode ter trazido um *laptop* na bagagem.

O coro de vaias e assobios transformou a sala em um sambódromo. Clarice teve trabalho pra encerrar o carnaval fora de época:

— Nenhum texto pode ser plenamente compreendido fora do seu contexto histórico. E a carta de Pero Vaz de Caminha, como todos sabem, data de 1500. Naquele tempo, meus queridos, ainda não havia *piercing*, nem biquíni, nem aids, nem protetor solar, nem internet.

Fez uma pausa e concluiu com um conselho enigmático:

— Vocês precisam fazer história. Está na hora de descobrir o Brasil!

Pelo fato de ter uma filha que pretende ser escritora, dona Sônia se acha no direito de depositar sobre os frágeis ombros da coitada a tarefa de criar mensagens originais em cartões de aniversário, formatura, bodas de prata e Natal. Pobre de mim! Já cansei de explicar que nada disso é gênero literário, mas minha mãe entende que uma imaginação de onde brotam tantas personagens e situações mirabolantes não terá dificuldade de "juntar umas palavrinhas" pra cumprimentar parentes, vizinhos e alunos da faculdade. O pior é que às vezes nem sei quem são os aniversariantes e formandos. Quando digo que é difícil desejar parabéns a quem não conheço sem cair em velhos clichês, sou acusada de preguiçosa, arrogante e insensível.

Epitáfio também não tem nada a ver com ficção. Cá entre nós, eu e meu diário, acho de extremo mau gosto essa literatura fúnebre, feita de boas intenções e letras de bronze, que tenta resumir a vida do falecido em meia dúzia de palavras definitivas que o tempo corrói e cobre de musgo. Mas não estava com cabeça pra discutir com a minha

PODEROSA 2

mãe e, em nome da paz doméstica, aceitei a missão quase impossível de escrever uma frase pra ornamentar o túmulo da família.

Como vó Nina cozinhava com mãos de fada, pensei em mudar a abertura do epitáfio: em vez de "Aqui jaz", que tal "Era uma vez"? Vamos ver... Era uma vez uma menina que escolhia os namorados pela caligrafia e apaixonou-se por um falso seresteiro, fazia a melhor macarronada de todo o planeta, incluída a Itália, tinha mania de cavoucar a parede com a unha, estalar os dedos da mão, fazer careta na frente do espelho, colocar o cabelo atrás da orelha, dormir com um pé pra fora da cama e resolver palavras cruzadas.

Ignoro quanto custa cada letra de bronze, mas duvido que minha mãe concordasse em pagar por um texto tão longo. Por que não manter apenas as três primeiras palavras, era uma vez, e deixar o resto por conta da imaginação de quem visita o cemitério?

Segui para o quarto da vó Nina em busca de inspiração. Fiquei algum tempo diante da porta, alisando a borda da maçaneta, até que tomei coragem de entrar. A veneziana fechada criava uma penumbra de filme de suspense. Abri a janela e me senti mais à vontade. O sol ocupou parte do assoalho e se refletiu no termômetro sobre a mesinha de cabeceira. O mercúrio marcava 38º: a última febre da minha avó.

Puxei a gaveta com a ponta dos dedos e, entre pílulas, colírios e pastilhas, encontrei uma foto do meu irmão com a língua de fora. Minha reação foi imediata: tirei as caixas de remédio, uma por uma, na ilusão de deparar com alguma imagem da única neta da vó Nina. Mas nada... nem mesmo um retratinho 3 x 4! Reclamar com quem? Tratei de engolir o ciúme e abri a porta do armário.

Estava examinando uns vestidos quando minha mãe entrou no quarto e me estendeu a mão:

– Cadê a minha frase?

Pedi um pouco mais de prazo, mas ela disse que não podia passar o resto da vida esperando que a minha inspiração desse o ar da graça; já sabia onde encontrar as letras de bronze e ia até a loja pra fazer a encomenda. Tinha acabado de chamar um táxi, portanto eu dispunha de poucos minutos pra criar uma frase inesquecível em homenagem à memória da minha avó.

Sem saber por onde começar, só me restava apelar para a escrita automática. Este método foi muito utilizado pelos escritores do movimento surrealista, no início do século passado, e consistia em despejar no papel todas as ideias que caíssem na telha do inconsciente. Nada de ficar encarando a folha em branco, mordendo a tampa da caneta ou coçando a cabeça à procura da palavra ideal ou da frase redonda e bem torneada. O autor deveria se esforçar pra libertar-se da autocensura e deixar a mão isenta de culpa pra arrancar do fundo da intuição as histórias mais verdadeiras.

Tudo isso, na teoria, é muito bonito, mas quem disse que funciona na prática? Comigo, pelo menos, não dá certo: a primeira versão dos meus textos me enche de desconfiança. Não me refiro, evidentemente, às anotações deste diário, que não serão lidas por ninguém e muito menos publicadas. Mas nas aulas de redação gasto mais tempo rabiscando que escrevendo; na hora de passar a limpo, mal consigo decifrar meus próprios hieróglifos e quase sempre sou a última a terminar.

Dessa vez, porém, eu não tinha escolha: ou adotava a técnica surrealista, ou não teria como atender ao apelo da minha mãe. Enquanto ela bisbilhotava as gavetas e cabides do armário, arranquei uma folha do bloco onde estava anotado o horário dos remédios da vó Nina. Peguei uma caneta e escrevi sem pensar:

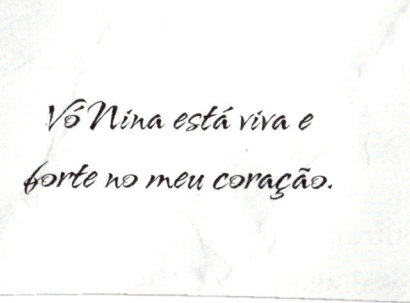

Vó Nina está viva e forte no meu coração.

PODEROSA 2

Mal pinguei o ponto final, senti a fisgada do perfeccionismo. Que coisa piegas, meu Deus! Como fui capaz de escrever uma bobagem tão sem graça e previsível?

A melhor solução seria rasgar o papel em pedacinhos, mas não havia tempo a perder e me contentei em cortar as palavras "vó" e "meu"; não tinha direito, afinal de contas, de monopolizar a homenagem. O resultado – *Nina está viva e forte no coração* – ficou um tanto capenga. Coração de quem? Experimentei "nosso coração", "coração da família", "coração dos amigos". As três locuções me pareceram infelizes e foram descartadas com um rabisco. Fiz uma nova mudança e repeti a frase pra testar o ritmo:

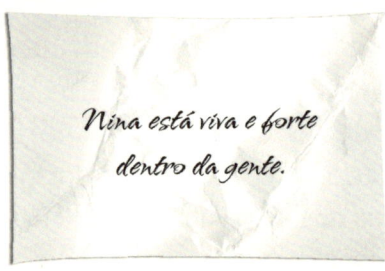

Foi quando tocou o interfone: seu Esteves avisando que havia um táxi parado em frente à portaria. Minha mãe tomou o papel da minha mão e nem se deu ao trabalho de ler. Saindo do quarto, apontou para o armário e me informou que pretendia doar todas as roupas e sapatos da vó Nina para uma instituição de caridade.

– É melhor fazer isso logo, senão este quarto vira um museu. Se você quiser escolher alguma coisa...

Depois que ficou doente, vó Nina quase não saía da cama. A maior parte do guarda-roupa estava fora de moda, mas com essa onda retrô ainda dava pra ressuscitar algumas peças. O que mais me atraiu a atenção foi um casaco de lã cheio de bolsos, que retirei da gaveta e provei diante do espelho. Parecia feito pra mim! Desfilei pelo quarto de um lado pra outro e, por fim, enfiei a mão no bolso.

Lá estava, além do meu retrato, a receita do caldo de feijão.

Danyelle vivia dizendo que o *piercing*, muito mais que um modismo, representa "um grito de protesto contra o avanço da globalização selvagem e uma tentativa de fazer a revolução social e política a partir da própria pele". Não sei de onde tirou essa bobagem, mas duvido que estivesse pensando em mudar o mundo quando chegava à escola anunciando que tinha pendurado uma argolinha em local secreto. Não satisfeita, lançava desafios que faziam borbulhar a testosterona dos garotos: quem descobrisse o tal esconderijo ganhava o direito de beijar a argola.

As loterias aconteciam semanalmente e quase todas foram ganhas pelo Guto; graças a telefonemas anônimos da própria Danyelle, ele ficava sabendo previamente do resultado. Faz algum tempo, contudo, que ela não pendura mais nenhum novo *piercing*. É possível que a mania tenha terminado porque não restam mais locais secretos na sua pele metálica. Segundo as línguas mais afiadas, o fim das apostas também tem a ver com o desinteresse do professor de História. Ele nunca participava das loterias, apesar das inúmeras dicas que Dany escrevia no rodapé das provas.

Não sei se ela pretendia impressionar Apolo ou Guto quando cismou de modificar mais uma vez o visual. Corriam boatos de que dessa vez adotaria um estilo mais agressivo, cravando um *piercing* nas pálpebras, cobrindo o nariz com a tatuagem de um dragão ou fazendo ponta nos dentes pra exibir um sorriso apenas de caninos. Mas ninguém poderia imaginar que fizesse justamente o contrário.

– Será que estou tão mudada? – ela sorriu, diante da perplexidade dos colegas. – Tudo o que fiz foi tirar os *piercings*, só isso. Aquele monte de argolas já estava me cansando.

Apolo aproximou-se da primeira fila e examinou a aluna bem de perto antes de dar uma opinião:

PODEROSA 2

— Gostei, garota. Você é muito bonita pra ficar com o rosto todo espetado.

Bonita ainda vá lá, mas muito? O elogio abriu uma ferida de inveja na autoestima das garotas. Sou obrigada a confessar que também achei a declaração um exagero, mas no fundo sabia que Dany não tinha chance de desbancar a Salete.

Apolo disse que é preciso coragem pra mudar e resolveu dar o exemplo. Em geral, entrava na sala apressadinho, mandando abrir a apostila na página tal senão a gente corria o risco de perder o trem-bala da História. Mas dessa vez foi diferente. Depois de circular entre as carteiras em silêncio, o professor encarou a turma e fez uma série de perguntas. Como tinha surgido a internet? Em que período a aids se tornou uma epidemia? Desde quando se usa filtro solar? Qual a primeira brasileira famosa a desfilar de biquíni pelas praias?

Era óbvio que já estava sabendo das abobrinhas da aula de Literatura, como aquela do *laptop* na bagagem de "Pedro" Vaz de Caminha. Pra um professor tão dedicado, deve ser frustrante lecionar pra estudantes que ignoram o processo histórico e imaginam que o Renascimento utilizava a mesma tecnologia da modernidade. Apolo repetiu o conselho da Clarice:

— Vamos seguir o exemplo de Cabral e descobrir o Brasil?

Leninha entendeu que faríamos uma excursão a Porto Seguro e contou que tinha passado as férias por lá, em uma delícia de pousada, com vista para o mar, café da manhã tropical e desconto pra adolescentes.

— Se você quiser, *fessor*, eu posso falar com o meu pai. Ele conhece o dono dessa pousada e, de repente, descola uma diária mais barata. Será que vai a turma toda?

Muita gente confirmou presença, mas Apolo jogou água gelada na euforia coletiva:

— Que excursão? Não é preciso ir tão longe pra descobrir o nosso país.

Na opinião do professor de História, o umbigo do Brasil fica na Bahia, pois foi lá que começou a se formar o embrião da cultura brasileira. Mas esse é um conceito tão vasto que talvez seja melhor falar em culturas brasileiras. Ou será que o plural não é suficiente pra conter toda a diversidade de manifestações sociais, políticas, artísticas, folclóricas, linguísticas, religiosas e culinárias que formam a nossa identidade?

Apolo disparava uma pergunta atrás da outra e cutucava a imaginação da turma:

– Se o Brasil fosse uma pessoa e fizesse um teste de DNA, quem vocês acham que seriam os pais?

Quando os alunos responderam que somos filhos de índios, portugueses e negros, Apolo concordou em parte e acrescentou que estes talvez sejam os nossos pais biológicos. Não podemos nos esquecer, no entanto, dos pais adotivos e padrinhos que ajudaram a criar esta nação: franceses, holandeses, espanhóis, italianos, alemães, japoneses, árabes, enfim, o mundo inteiro corre em nossas veias. Muito antes de ser batizada, a globalização já estava no sangue brasileiro.

– É correto dizer – provocou Apolo – que vivemos no país do carnaval, do futebol e da feijoada?

O próprio professor respondeu que não existe um único carnaval: as escolas de samba do Rio são completamente diferentes dos trios elétricos de Salvador, que não têm nada a ver com os blocos de frevo e maracatu de Recife e Olinda. E, além do carnaval, ou melhor, dos carnavais, o Brasil participa de corpo e alma da lavagem das escadarias do Senhor do Bonfim, na Bahia; das procissões da Semana Santa, em Ouro Preto, Mariana e outras cidades históricas de Minas Gerais; da Festa do Divino de Pirenópolis, em Goiás; do Bumba-meu-boi, em São Luís do Maranhão; da disputa entre Caruaru, em Pernambuco, e João Pessoa, na Paraíba, pra saber qual a festa junina mais quente do planeta; do confronto entre os blocos Garantido e Caprichoso,

PODEROSA 2

em Parintins, no Amazonas; da Bienal de São Paulo; da procissão do Círio de Nazaré, em Belém do Pará; do Dia do Romeiro, em Juazeiro do Norte, no Ceará; e de tantos e tantos outros festejos.

A aula já estava no fim quando Apolo decidiu torturar os estômagos famintos dos alunos com a enumeração das obras-primas da nossa culinária. Mesmo admitindo que a feijoada é o prato brasileiro mais famoso, ele garantiu que nenhum paladar que se preze pode ficar indiferente ao churrasco gaúcho, ao barreado paranaense, ao frango com quiabo mineiro, à moqueca capixaba, ao vatapá baiano, ao arroz com pequi goiano, ao pato no tucupi paraense ou à tapioca manauara. A turma não conhecia pessoalmente todas aquelas delícias (às quais eu acrescentaria o caldo de feijão temperado da vó Nina), mas a maioria ficou com água na boca.

Antes que começássemos a babar, Apolo disse que seria maravilhoso conhecer de perto a diversidade cultural brasileira, viajando por todos os recantos do Brasil pra participar das festas, provar os cardápios regionais, ouvir os diferentes sotaques e expressões, visitar museus, teatros, igrejas, monumentos, praças, parques e jardins.

— Mas isso, quem sabe, fica para as férias. Em vez de fazer a excursão que a Leninha tinha sugerido, convido vocês a descobrir o Brasil sem sair da cidade.

A proposta causou burburinho. Apolo estalou os dedos pra obter silêncio e se explicar:

— Uma boa maneira de conhecer um país é ouvir o homem comum e resgatar as suas aventuras anônimas. Só assim dá pra saber como a cultura, em suas múltiplas expressões, afeta o dia a dia de cada um.

Pausa pra Apolo ajeitar o cabelo e fazer uma pergunta delicada:

— Quem de vocês ainda tem avó ou avô vivo?

Senti os olhos embaçados, mas consegui segurar o choro. Entre os felizardos que levantaram o braço, não eram muitos os que visitavam regularmente os avós. Alguns preferiam o conforto de um convívio à distância: se o papo ficasse chato, bastava desligar o telefone ou sair da internet. Outros, como Guto, não queriam conversa:

– Bem que eu gostava de falar com o meu avô. Mas, de uns tempos pra cá, ele ficou completamente biruta e vive me confundindo com o meu pai.

– Biruta ou não, seu avô deve ter uma porção de histórias na ponta da língua – disse Apolo. – E são essas histórias que vocês vão registrar quando a gente visitar os internos de uma clínica da terceira idade.

Marcelo traduziu o espanto da turma:

– Pega leve, professor. Será que não existe um lugar mais agitado pra gente descobrir o Brasil?

Apolo ignorou a pergunta:

– Cada aluno vai entrevistar um dos moradores da clínica e depois fazer uma redação. Procurem saber em que cidade nasceu o entrevistado, do que gostava de brincar, com quem se casou, onde trabalhou, o que queria ser quando crescesse e o que acabou sendo. Imaginem que vocês são repórteres e estão colhendo dados para uma matéria sobre as mudanças do país nas últimas décadas. É bom levar lápis e papel pra ir anotando o depoimento. Ou, se for o caso, baixar algum aplicativo pra gravar a entrevista no celular. Mas cuidado: tem gente que fica muda quando está sendo gravada.

Pra vencer a resistência dos mais resmungões, Apolo deixou bem claro que a tal reportagem valia nota.

⊕

A pensão deixada por vô Plínio não era lá grande coisa, por isso vó Nina teve de se virar pra sustentar a casa e começou a fazer doces e salgados pra fora. Vendia, a princípio, para os alunos e professores da escola onde minha mãe estudava, mas os elogios viraram propaganda e multiplicaram a freguesia. Pra atender às encomendas, foi necessário contratar ajudantes, comprar um fogão de seis bocas e diversificar o cardápio. Mas nada se comparava ao caldo de feijão temperado.

PODEROSA 2

Como vó Nina morava no primeiro andar, o aroma chegava facilmente à calçada. Os moradores de rua ficavam sentados no meio-fio, tapeando a fome com o nariz, e acabavam ganhando uma tigela de caldo. Comida boa e de graça? A notícia se espalhou pela cidade e, em pouco tempo, uma multidão de mendigos, ops, de carentes descobriu o endereço do prédio.

As filas começavam nos degraus da portaria, estendiam-se muito além da esquina e quase sempre terminavam em briga. A distribuição de senhas não resolveu o problema. Além dos engraçadinhos que tentavam passar na frente, a golpes de cotoveladas, havia intrusos com emprego e residência que se disfarçavam de carentes – chinelos, boné e óculos escuros – só pra desfrutar do tempero da vó Nina.

Uma dessas figuras era a síndica do prédio. Ela atravessava a semana de regime, disputando queda de braço contra o ponteiro da balança, mas no sábado sentia o perfume do caldo e quase mergulhava na panela. A ânsia de emagrecer (ou, pelo menos, de parar de engordar) provocou uma crise de autoritarismo. Em uma reunião extraordinária entre os condôminos, a dona alegou que a rua estava virando um antro de vagabundos e propôs a adoção de uma nova cláusula no regulamento do prédio: *Fica terminantemente proibida, a partir desta data, a prática filantrópica nas imediações da portaria.*

A essa altura, vó Nina contava com o apoio de uma equipe de colaboradores que cuidavam de todos os detalhes: da compra dos ingredientes à fiscalização das filas. Mas como fazer essa estrutura funcionar sem um local fixo pra distribuir o caldo de feijão?

Quem trouxe a solução foi o responsável pela igreja do bairro. Ao saber da implicância da síndica, padre Lázaro disse que aquele projeto não podia morrer e saiu distribuindo as refeições nos becos e praças onde dormiam os moradores de rua.

De modo geral, eles adoraram a ideia, mas não é possível agradar a todos. Adalgisa foi uma que não gostou da novidade e, apesar da chuva, passou a noite fazendo vigília na frente do prédio da minha avó. Era alta, graúda, desengonçada e trazia na boca uma cicatriz que formava com os lábios uma cruz. O sorriso leve, quase ingênuo, amenizava a falta de alguns dentes. Tinha a mania de piscar alternadamente, um olho de cada vez, e não fixava os olhos fundos em ninguém. Vivia sozinha, sem família nem amigo, carregando a tiracolo um gato de pelúcia que lhe servia de travesseiro.

Padre Lázaro procurou Adalgisa e perguntou-lhe por que não se conformava em receber as refeições em um dos locais de entrega, como todo mundo. Do alto dos seus quase dois metros, ela disse que não era um cordeirinho pra seguir o rebanho, só iria embora depois de jantar e não tinha medo nem do diabo. Minha avó achou melhor levá-la pra casa e deu-lhe um prato de caldo. Adalgisa jantou, repetiu, comeu a sobremesa e, por fim, pediu pra ir ao banheiro. Acabou dormindo dentro da banheira, com a cabeça apoiada no gato de pelúcia e as pernas compridas pra fora da borda.

Dar abrigo a uma estranha pode ser perigoso, mas vó Nina ignorou a prudência e apostou na intuição. Como botar na rua uma coitada que não tinha pra onde ir, ainda mais à noite e debaixo de chuva? Não apenas acolheu a inesperada hóspede, como arranjou-lhe um cobertor e substituiu o gato por um travesseiro de verdade; no dia seguinte, aí sim, poderia despedi-la sem remorso.

Mas de manhã não havia ninguém na banheira. Chegando à cozinha, minha avó encontrou o café pronto, a mesa posta e nenhum prato na pia. Adalgisa estava à beira do tanque tentando clarear as meias da minha mãe, que nessa época tinha a minha idade e – assim como eu – adorava tirar os sapatos pra patinar no assoalho. Vó Nina provou um gole de café: suave e doce como ela gostava... Cadê coragem de mandar a mulher embora? Precisava mesmo arranjar uma empregada e, ainda que sem referência, ofereceu-lhe a vaga.

Foi então que Adalgisa entrou na história da minha família. Não que fosse boa cozinheira: só o que sabia, na verdade, era fazer café – e olhe lá: costumava exagerar na quantidade de açúcar, assim como

PODEROSA 2

carregava no sal quando se metia a preparar o almoço. Também não podia ser classificada como a melhor faxineira do mundo; tinha altura pra alcançar as prateleiras de cima, mas deixava o pó se acumular na estante da sala por pura preguiça de esticar o braço. Vó Nina não reclamava do serviço; em vez de bancar a patroa, decidiu tratá-la como filha. Ensinou-lhe a ler, escrever, escovar os dentes, usar absorvente, cortar o bife, andar de bicicleta e falar olhando nos olhos.

Minha mãe se lembra de Adalgisa com carinho e conta que ela sempre comia uma fatia da encomenda quando fazia entrega na casa das freguesas, gostava de abrir as correspondências pra mostrar que já sabia ler, morria de ciúmes da minha avó e um dia sumiu sem mais, nem menos, nem adeus, nem bilhete, nem pista, nada.

※

Padre Lázaro tinha adoração pela minha avó e fez questão de celebrar a missa do sétimo dia de "uma alma que veio ao mundo pra tornar a vida mais saborosa". Salivando de saudade, relembrou a luminosidade do arroz, a irreverência das massas, a delicadeza das carnes, a alegria das gelatinas e das compotas que nasciam das mãos abençoadas da vó Nina. Declarou que ela transformava a refeição mais singela em uma santa ceia e tentou descrever o caldo de feijão servido "aos nossos irmãos sem-teto".

Enquanto padre Lázaro procurava um adjetivo à altura do tempero do caldo, olhei para o outro lado da igreja e vi o senhor de cabelos compridos que, no dia do velório, disse que gostaria de ser meu avô. Ele me acenou com a mão esquerda, onde havia um *Z* tatuado, e logo em seguida foi embora. Será que estava cansado do falatório do padre? Ou teria saído pra comer alguma coisa?

Escolho a última opção. Aquela conversa sobre carnes e massas tinha atiçado o apetite dos fiéis – eu, pelo menos, fiquei com água na boca. Ao fim da missa, meu pai perguntou a minha mãe que tal se a gente fosse a um restaurante... como nos velhos tempos. Ela alegou que tinha de corrigir umas provas e recusou o convite de cabeça baixa, fingindo consultar o relógio de pulso, mas por trás dessa desculpa civilizada havia mágoa, humilhação e revolta por ter visto o ex-marido almoçando com a secretária em uma *pizzaria* do centro da cidade.

    Minha mãe garante que não tem ciúme do meu pai e acha natural que ele saia e se divirta e seja feliz pra sempre. Esse argumento só funciona, contudo, no confortável terreno do discurso. Por mais amigável que seja uma separação, flagrar o ex-marido com outra não é colírio pra nenhuma mulher – sobretudo se essa outra tem 20 anos a menos e pode se dar ao luxo de dispensar sutiã e maquiagem.

    Talvez eu devesse chamar minha mãe em um canto da igreja e dizer que ninguém deve ser crucificado por causa de um lanche com a secretária, mas concluí que uma missa de sétimo dia não era a ocasião mais apropriada pra esse tipo de papo-cabeça. Por outro lado, estava morrendo de saudade do meu pai e tratei de arranjar um jeito de ficar perto dele:

    – Pra que ir a um restaurante? A gente podia lanchar lá em casa.

    Minha mãe me mostrou os dentes e me trucidou com um olhar de fácil tradução: a última coisa que queria na vida era perder a noite de sábado cozinhando para o ex-marido. Apressei-me em informar que eu mesma iria para o fogão e acrescentei que faria uma homenagem à memória da vó Nina.

    Houve uma epidemia de pigarros quando anunciei o cardápio: caldo de feijão!

    Meu pai pousou a mão no meu ombro e me advertiu de que ninguém tem o poder de repetir uma obra-prima. Como eu seria capaz, por exemplo, de alcançar o mistério daquele tempero?

    – É simples – eu disse. – Vó Nina me deixou a receita como herança.

PODEROSA 2

Minha intenção não era apenas homenagear minha avó; pra falar a verdade, eu também pretendia impressionar o João e resolvi chamá-lo para o lanche. Ele disse que não tinha vocação pra cobaia, mas não hesitou em aceitar o convite. Depois de muita insistência, meu pai conseguiu convencer minha mãe a entrar no carro; foi meu irmão, porém, quem se sentou ao lado do motorista. Ela achou melhor ficar no banco de trás, entre João e mim, de onde podia observar as reações do ex-marido pelo espelho retrovisor.

Passamos em um supermercado pra comprar os ingredientes e de lá seguimos pra casa. Minha mãe se ofereceu pra me dar uma força, mas ela não tem muita intimidade com as panelas e seria bem mais útil longe da cozinha. Por que não fazia sala para o meu pai? Eu já me dava por satisfeita de contar com o suporte técnico-afetivo do João, que me ajudou a catar, lavar, cozinhar, bater no liquidificador e refogar o feijão. Em seguida, acrescentei as carnes – linguiça em rodelas, paio desfiado – e temperei a mistura com cebola, alho, sal, cheiro-verde e louro, obedecendo rigorosamente às medidas constantes da receita.

Minha mãe acatou a minha sugestão e foi conversar com o meu pai. Mas que conversa? O diálogo resumia-se a uma troca de impressões sobre o calor fora de época, a falta de chuva e as bruscas mudanças de temperatura. Era lamentável: depois de tantos anos vivendo juntos, eles precisavam da ajuda da meteorologia pra se livrar do silêncio. O estoque de monossílabos já estava se esgotando no momento em que meu irmão apareceu na sala com um quebra-cabeça e despejou todas as mil peças no chão.

Existe passatempo mais torturante que montar quebra-cabeça com o estômago vazio? Os dois sentaram-se no chão pra brincar com o caçula, mas a fome foi mais forte que a paciência e estragou a brincadeira. Antes que meu pai comesse as peças, desliguei o fogo e pedi a João que levasse a panela para a mesa.

O aroma estava divino e, modéstia à parte, não ficava nada a dever à obra-prima da minha avó. Xandi chegou a dizer que eu já podia me casar, mas mudou de ideia na primeira colherada:

– Eu é que não queria ser seu marido – falou olhando para o João. – Essa sopa não tem gosto de nada!

Aleguei que o caldo não era sopa e mandei que o engraçadinho deixasse de implicância, mas ele não foi o único a condenar o meu tempero – ou, pensando bem, a falta de tempero. Apesar da fome, meu pai não conseguiu reprimir uma careta de decepção. Minha mãe me disse que toda receita tem lá as suas manhas e me perguntou se, por acaso, eu não tinha me esquecido de nenhum ingrediente.

– Vai ver – concluiu meu irmão – que a vó Nina usava feijões mágicos. Como na história que a professora leu pra gente um dia desses.

João detesta comida quente e até então não se arriscara a enfrentar o caldo. A família esperava, com sádica ansiedade, que o coitado também torcesse o nariz, mas ele jurou que estava uma delícia e quase me convenceu de que o elogio era sincero. É pena que tenha levantado o braço quando Xandi ligou para uma lanchonete e perguntou quem queria *cheeseburger*.

No dia seguinte, logo após o almoço, minha mãe apareceu na minha frente abraçada a um pote de madeira. Era como se carregasse uma relíquia sagrada, um mapa do tesouro, uma descoberta arqueológica capaz de revolucionar a história da arte. Não foi difícil adivinhar o conteúdo da urna.

– Estou indo ao cemitério – informou. – Vou ver se lá tem alguma roseira pra jogar as cinzas da sua avó.

Encarregada de cumprir o último desejo da vó Nina, deixei de lado uma antologia de poetas modernistas e segui até o quarto pra

PODEROSA 2

trocar de roupa. Minha mãe se assustou quando voltei à sala e afirmei que estava pronta.

– Você vai – ela me examinou de cima a baixo – assim?

Dei uma geral na minha blusa e não encontrei nenhum defeito: não estava suja, nem desabotoada, nem do avesso. Demorei uns bons segundos pra perceber o motivo da pergunta: o problema, pelo visto, era a minha saia – curta e vermelha demais para o padrão de qualidade da minha mãe:

– Não fica bem você ir ao cemitério de minissaia, ainda mais pra cumprir um ritual solene como espalhar as cinzas da sua avó. A memória dos nossos entes queridos merece um mínimo de respeito.

Com que direito minha mãe me acusava de neta desnaturada? Achei que devia responder à altura e sugeri que procurasse um oculista: a minha saia batia dois dedos acima do joelho, no máximo três, e tecnicamente não poderia ser considerada míni. Falei que o comprimento da roupa ou a cor do tecido não têm nada a ver com falta de respeito. Vestir luto, cá entre nós, era um costume do século passado. Ou retrasado?

– Ninguém precisa se fantasiar de graúna – concluí. – Pra mostrar que ama os entes queridos. Essa expressão, aliás, está fora de moda e não devia ser repetida por uma professora universitária.

Pensei que minha mãe fosse me perguntar quem era eu pra lhe dar conselhos sobre comportamento e linguagem. Era assim que costumava agir quando não tinha mais argumentos: assumindo o papel da mulher madura que não se deixa abalar pelas oscilações hormonais da adolescência. Naquele dia, porém, mudou de tática, apelando para a chantagem emocional:

– Precisa me tratar assim? A minha própria filha! Eu só estava falando para o seu bem, Joana. Por que você insiste em ser do contra?

Na hora de entrar no carro, fui obrigada a botar no colo a urna com as cinzas da minha avó. Minha mãe percebeu o meu desconforto e parou de me perturbar com suas queixas e resmungos. Mas, quando chegamos ao cemitério, assisti a outro ataque de nervos:

– Olhe só o que eles fizeram – rosnou minha mãe. – Bando de incompetentes!

Eles, no caso, eram os responsáveis pelas letras de bronze inscritas no túmulo. Além do nome completo da vó Nina, havia uma estrela ao lado da data de nascimento e uma cruz junto ao dia da morte. O que mais estaria faltando?

– A sua frase, Joana! Cadê a frase que você escreveu em homenagem a sua avó?

Vários familiares estavam enterrados ali, inclusive meu avô Plínio, e as respectivas inscrições ocupavam quase todo o túmulo. Eu ia dizer que não havia espaço para o epitáfio da vó Nina, mas a metralhadora da minha mãe já havia mudado de alvo. Ela teve um piti quando olhou ao redor e não viu uma só roseira:

– E agora? Onde é que a gente vai jogar as cinzas?

Aleguei que aquilo não era problema. Ciente do meu poder de transformar literatura em realidade, minha mãe adivinhou a minha intenção, tirou da bolsa uma caneta e um guardanapo de papel e me ditou a seguinte frase: Uma roseira vai brotar no túmulo da nossa família.

Foi nesse instante que ergui os olhos e vi um senhor de cabelos longos cruzando o portão do cemitério com um buquê de rosas vermelhas. Meu coração bateu forte: eu não podia perder a chance de entrar em contato com aquele misterioso personagem e descobrir por que ele tinha afirmado, no velório da vó Nina, que queria ser meu avô.

Mas como desvendar este segredo sem uma boa dose de privacidade? Pra poder conversar com o sujeito em paz, ignorei o ditado da minha mãe e escrevi outra frase:

PODEROSA 2

> *Reunião urgente na faculdade. Todos os professores convocados.*

O celular tocou em seguida: a diretora da faculdade avisou que faria uma reunião em meia hora e não queria saber de ausência, nem mesmo com atestado médico. Minha mãe não tinha tempo de me dar carona e me pediu que levasse a urna pra casa; em um outro dia, com mais calma, a gente voltaria ao cemitério pra espalhar as cinzas da vó Nina.

⁂

Não havia muitas árvores ao redor pra quem pretendia bancar a espiã. Escondida atrás de um cipreste magrelo, observei minha mãe se afastar com pressa e passar ao lado do homem com o buquê de rosas vermelhas. Ele parou pra dizer alô, mas acho que ela não ouviu.

O cemitério municipal tinha sido construído sobre um morro, por isso o cara levou algum tempo pra alcançar o túmulo da minha família. Chegou lá em cima ofegante e, enquanto recuperava o fôlego, ficou alisando as letras de bronze do nome da minha avó. Depositou as flores com os olhos baixos, como se pretendesse fazer uma prece, mas de repente tirou do bolso e começou a soprar uma gaita.

A canção era triste e, mesmo sem letra, parecia falar de paixão. Quando ele parou de tocar, eu não sabia se chorava ou se aplaudia. Optei por sair de trás do cipreste e me aproximei pra puxar conversa:

— Tava ali atrás, quietinha, escutando. Não queria interromper.

— Olá, Joana Dalva! — ele não parecia aborrecido. — Você gostou?

Não pude disfarçar o espanto:

– Como é que você sabe o meu nome?

– Primeiro a sua opinião. Sinceridade, hein?

– Gostei, sim. Meio triste, mas bonita.

– Fiz essa canção na noite em que conheci a sua avó. Chama-se *Choro para Nina*.

– Quer dizer que você é compositor?

– Comecei tocando violão para conquistar o coração das garotas nas noites de serenata. Só depois de conhecer sua avó é que passei a curtir a gaita, a flauta, o sax e outros instrumentos de sopro. Acho que são os mais indicados para quem precisa desabafar.

– Vó Nina não me falou dessa música.

– Nem podia. Ela nunca ouviu.

Eu não estava entendendo nada:

– Mas você acabou de dizer que conheceu a minha avó.

– Só vi de longe – ele suspirou. – Eu estava em frente à casa dela, tocando violão com um grupo de amigos e também com o seu avô. Ele era muito desafinado e me pediu ajuda para fazer uma serenata. Fiquei tão encantado com a Nina que cheguei a errar uns acordes.

Opa! Aquela história eu já conhecia. Mas queria saber com certeza que estava falando com o personagem certo:

– Você, por acaso, é o Henrique?

– Agora sou eu que pergunto: como é que você sabe o meu nome?

– Minha avó dizia que vô Plínio tinha um ouvido péssimo, mas queria porque queria fazer uma serenata pra ela e se reuniu a um grupo de músicos liderados por um tal de Henrique.

– E o que mais ela contou?

– No dia seguinte à serenata, vó Nina recebeu um buquê de rosas vermelhas e um cartão com um poema. Ela era muito ligada nesse lance de grafologia e usava a letra pra escolher ou descartar os candidatos... Como é mesmo que se falava antigamente?

PODEROSA 2

— Pretendentes – disse Henrique, tolerante com a minha ignorância.

— Isso mesmo. Meu avô era um desses pretendentes e mandou as rosas com uns versos. Todo poema de amor tem a palavra coração, até aí nenhuma novidade, mas minha avó se encantou pela cedilha do cê e decidiu dar uma chance ao dono daquela letra.

Henrique me olhou sem piscar:

— Olhe só que ironia! Quem mandou as flores fui eu.

Por essa, eu não esperava. Se a letra do cartão não era do vô Plínio, então quer dizer que minha avó... escolheu o pretendente errado?!

— Eu era um rapaz muito tímido – prosseguiu Henrique – e usava o violão como uma espécie de escudo. Tão tímido que não tive coragem de assinar o cartão. Pouco tempo depois, soube que o Plínio estava noivo e ia se casar com a Nina.

— E você – pensei em voz alta – guardou essa paixão no bolso?

— Naquela época, eu já ganhava a vida como músico e recebi uma proposta para me apresentar no exterior. Dizem que o tempo cura tudo, até amores impossíveis, então resolvi provar o remédio. Morei em muitos países, toquei com artistas maravilhosos e conheci uma porção de mulheres. Mas todas tinham o mesmo defeito: elas não eram a Nina.

Eu estava aflita pra saber o fim da história e dei um salto no tempo:

— Minha avó ainda era nova quando ficou viúva. Você podia ter ido atrás dela.

— Fazia mais de um ano que seu avô tinha morrido quando eu soube da notícia. Minha vontade era pegar o primeiro avião, mas eu estava no meio de uma turnê e não podia dar as costas ao pessoal da banda. Então, escrevi uma longa carta para Nina contando que tinha lhe mandado aquelas flores, que o poema do cartão era de minha autoria, que estava disposto a abandonar a carreira internacional e voltar ao Brasil para que a gente se casasse.

Tentei encurtar o suspense:

– E aí?

– A minha carta tinha tantas páginas que estofou o envelope. A resposta, em compensação, foi um bilhete escrito às pressas. Em meia dúzia de linhas, Nina disse que ainda amava Plínio e não pretendia se casar de novo, muito menos com um violeiro desconhecido e insistente.

– Vai me desculpar, Henrique. Duvido que minha avó fosse capaz...

– Também fiquei chocado e fiz uma nova tentativa. Mas a resposta foi parecida e terminava com um pedido: se eu gostasse dela de verdade, nunca mais voltasse a lhe escrever.

Pedir desculpas pela minha avó? Achei que isso soaria ridículo e me limitei a baixar a cabeça pra ouvir o último capítulo:

– Voltei ao Brasil algumas vezes, mas nunca me atrevi a procurar a Nina. Medo de levar outro fora, entende? Quando finalmente criei coragem, já era tarde demais. Sua avó tinha adoecido e não reconhecia mais ninguém.

Dessa vez, não dava pra dizer ops e ser politicamente correta: aquele homem da terceira idade era um velho sem nenhum eufemismo. Ele passou a mão no rosto, deixando à mostra a tatuagem da mão. Não me contive:

– O que significa esse *Z*?

Henrique levantou a mão, virando a letra de lado:

– Isto é um *N*, Joana.

Pra disfarçar os lábios trêmulos, botou a gaita na boca e tocou mais um pedacinho do *Choro para Nina*. Por fim, apontou para a moldura oval pregada à cabeceira do túmulo, que mostrava uma imagem antiga da minha avó.

– Se você não se importar, eu gostaria de continuar vindo aqui, de vez em quando, para trazer umas rosas vermelhas e tocar um choro para ela...

PODEROSA 2

— Foi minha mãe – esclareci – quem mandou pendurar essa foto. Mas vó Nina não está enterrada aí.

Abri a tampa da urna com cuidado e joguei uma pitada na mão do Henrique. Ele ficou tão emocionado que nem conseguiu me agradecer. Juntou as cinzas com a ponta dos dedos e guardou o presente nos furinhos da gaita.

Depois da reunião convocada pela diretora da faculdade, minha mãe foi buscar o Xandi na escola e teve de enfrentar um engarrafamento que lhe tirou o humor pelo resto da semana. Entrou em casa com a sua pior cara de TPM e foi direto para o chuveiro, alegando que precisava de uma ducha pra relaxar o corpo e a alma.

Meu irmão largou a mochila em cima do sofá, jogou os tênis pra cima e invadiu a cozinha com a delicadeza de um garoto das cavernas. Apesar de levar uma merenda reforçada, costuma chegar da escola desatinado de fome e fazer uma vitamina misturando tudo o que vê pela frente: leite com refri, mel com *ketchup*, chocolate em pó e farinha de aveia com o resto da farofa do almoço. O resultado é uma pasta grossa que quase pifa o liquidificador – sem falar, é claro, nos danos para o intestino. Mas não é sempre que Xandi consegue engolir esse coquetel explosivo. Naquela tarde, por exemplo, ele não passou do primeiro gole.

Eu estava no sofá da sala, tentando assistir a um filme na tevê, no momento em que foram acionadas as turbinas do liquidificador. Há barulho no mundo mais irritante? Nem motor de dentista mexe tanto com os meus nervos. Fechei a porta da cozinha e aumentei o volume da tevê, mas continuei com a sensação de ver um filme do tempo do cinema mudo.

Pra meu desespero, o zumbido do liquidificador deu lugar a um acesso de tosse. Xandi demorou a ficar quieto, mas o silêncio repentino me trouxe mais aflição que alívio. E se o meu irmão estivesse engasgado? Na dúvida, fui até a cozinha e encontrei o garoto respirando normalmente. Eu é que perdi o ar quando olhei para a mesa e vi que tinham aberto a urna da minha avó.

– Esse chocolate – ele disse – está estragado. Foi você que comprou?

Chocolate? Aquilo só podia ser um pesadelo!

– Você está insinuando... que usou esse pote pra fazer vitamina?

– Só botei umas duas ou três colheres, mas achei o gosto uma droga.

Fui até a mesa pra fechar a urna – e descobri que estava vazia. Mal tive voz pra perguntar:

– Cadê o resto?

Xandi respondeu com naturalidade:

– Joguei na pia, ora. Quem é que vai comer chocolate estragado?

Foi aí que o mundo desabou. Quando dei por mim, estava sacudindo o pescoço do meu irmão e berrando que só um canibal idiota poderia confundir cinzas com chocolate e beber a própria avó na vitamina. Ele não deve saber o que significa canibal, mas não gostou de ser chamado de idiota e me agrediu com alguns palavrões que nem sei soletrar.

– Quero ver – rosnei – quando eu contar para a mamãe o que você fez.

Não foi preciso. De braços cruzados na porta da cozinha, ela acompanhava a discussão com o cabelo arrepiado – só não sei se por causa do banho ou da raiva. Pensei que fosse praticar um canibalismo sem metáforas, devorando Xandi vivo e cru, mas ela se limitou a lhe dizer que não falasse palavrão. Virou-se pra mim:

– Por que você não guardou a urna em um lugar seguro?

Ao chegar do cemitério, fui à cozinha pra tomar um suco e acabei esquecendo a urna em cima da mesa. Tentei contar isso a minha mãe, mas ela não me deixou terminar e jogou toda a culpa no meu colo:

PODEROSA 2

– Se você não fosse tão desligada, Joana Dalva, as cinzas não teriam se perdido. E agora, o que é que sobrou da sua avó?

Apelei pra a minha literatura:

– Eu posso fazer uma frase...

– Já estou cansada dessa sua mania de escrever certo por linhas tortas – ela gritou. – Quem você pensa que é pra querer consertar o mundo?

Xandi sorriu, vitorioso, como se fosse filho único. Saí da cozinha, me tranquei no quarto e afundei o rosto no travesseiro.

Desembarque na Ilha de Vera Cruz

Os professores acharam que a atividade proposta pelo professor de História – entrevistar pessoas da terceira idade pra tentar descobrir o Brasil – deveria ser explorada por todas as disciplinas: a idade dos entrevistados serve de base pra cálculos matemáticos, o modo de falar tem a ver com a Geografia, as rugas e tremores são explicados pela Biologia, os casos e lembranças podem virar literatura. A diretora da escola, dona Nélia, vive falando em "interdisciplinaridade" e ficou tão entusiasmada com o projeto que reservou uma manhã inteira para o grande evento: uma excursão à clínica geriátrica da prefeitura, mais conhecida como asilo municipal.

Muitos colegas planejavam faltar, mas mudaram de ideia ao saber que seriam punidos com um cilindro de zeros – um pra cada disciplina.

– Logo hoje – resmungou Danyelle – que eu ia matar aula pra fazer o meu *book*.

Talvez por causa do *y* cravado no meio do nome, Danyelle tem

PODEROSA 2

a mania de salpicar o discurso com palavras inglesas. Em vez de desculpas, diz *sorry*; no telefone, *hello* e *goodbye*; a hora do intervalo é *coffee break*; quando está feliz, grita *yesssssssss*! *And so on*. Não acredito que o velho e bom português esteja ameaçado pela invasão bárbara de outras línguas, como temem alguns gramáticos, mas não dá pra entender por que tanta gente transforma o nosso idioma em uma espécie de esperanto de colonizado.

– Eu não sabia – ironizei – que você também escreve. Do que fala o seu livro?

A clínica não fica longe da escola, por isso todos concordamos – diretora, professores e alunos – em fazer uma caminhada. Diante da minha pergunta, Danyelle se deteve e me olhou de lado, sem saber se eu estava zoando ou se era de fato uma ignorante em matéria de moda. Acho que ficou com a segunda opção:

– Mas que livro? No mundo *fashion*, minha querida, *book* é um álbum de fotos das garotas que querem seguir a carreira de modelo e manequim. Uma espécie de carteira de identidade. Dependendo do caso, serve até como passaporte.

Só então entendi por que Danyelle tinha se livrado dos *piercings*. Leninha estava do meu lado e teve uma crise de tietagem:

– Então, eu vou ter duas amigas famosas. Uma modelo e outra escritora! Posso ser secretária de vocês. Ou, quem sabe, empresária?!

Danyelle ia dizer alguma coisa, mas de repente enrolou as palavras, cambaleou e caiu desmaiada... bem em cima de mim!

Leninha e eu juntamos nossas forças e levamos Danyelle até o meio-fio. Logo em seguida, ela recobrou os sentidos e passou algum tempo de cabeça baixa. Colegas e professores sugeriram que botasse sal debaixo da língua, esfregasse os pulsos, cheirasse álcool, chupasse limão, respirasse fundo, deixasse de frescura, enfim, havia palpites pra todos os gostos.

Dona Nélia cogitou chamar um médico, mas Danyelle garantiu que já estava melhor e acrescentou que não pretendia atrapalhar a excursão. Tudo o que precisava era de um pouco de sossego, por isso respirou aliviada quando a professora Clarice se ofereceu pra lhe fazer companhia e sugeriu à turma que seguisse na frente.

Achei que Dany não me queria por perto, mas ela segurou a minha mão e não me deixou acompanhar a turma. Leninha também quis ficar:

– Se eu for mesmo sua empresária, tenho de cuidar da sua saúde.

A risada de Danyelle era um bom sinal. Ela se levantou com a ajuda da Clarice, deu alguns passos apoiada no meu braço e aos poucos foi ganhando equilíbrio e confiança.

– É a primeira vez que você desmaia? – perguntou Clarice.

Danyelle confirmou com a cabeça. Leninha soltou sem pensar:

– Quando a minha tia ficou grávida, ela vivia desmaiando.

– Vire essa boca pra lá – reagiu Danyelle. – Filhos não combinam com passarela.

Clarice não parecia surpresa:

– Então você também quer ser manequim?

– Também? – espantou-se Danyelle, temendo a possível concorrência. – Você conhece outras candidatas?

– Não tenho uma estatística precisa, mas boa parte das minhas alunas já pensou em virar modelo. Ah, sim! E atriz de novela.

– Qual o problema? Não é pecado fazer sucesso.

O sorriso não disfarçava a irritação de Danyelle. Clarice não se intimidou:

– O problema é quando a garota pra de comer pra ficar com o corpo "ideal".

Com dois dedos de cada mão, Clarice riscou as aspas no ar. Danyelle procurou mudar de assunto, mas não era assim tão fácil enrolar a professora de Português:

– O que você comeu hoje cedo?

– De manhã, eu não sinto fome.

PODEROSA 2

— Mas o seu corpo sente – disse Clarice. – Tanto assim que pifou.

Danyelle queria chegar logo ao asilo, mas foi praticamente arrastada até a padaria da esquina. Sentou-se de costas para o balcão e ignorou os nomes dos doces e salgadinhos que Clarice recitava estalando a língua.

— Só quero um copo d'água – declarou com má vontade. – E sem gás.

Eu não podia continuar calada:

— Deixe de ser teimosa, garota! Não está vendo que a Clarice só quer ajudá-la?

— É isso aí – disse Leninha. – Desse jeito, você vai pegar aquela doença que faz a pessoa parar de comer. Como é mesmo? *Aronexia*!

O erro na pronúncia serviu de pretexto pra Danyelle soltar os bichos:

— *Aronexia* não existe. O nome da doença é anorexia e, pra sua informação, não é contagiosa. Mas pode relaxar: ninguém fica anoréxica porque acorda sem apetite.

Clarice piscou para a balconista.

— Café com leite e pão com manteiga pra essa garota. E bem depressa, por favor, que ela está estressada de fome.

Danyelle fez de tudo – careta, birra, ameaça e chantagem – pra permanecer em jejum. Não adiantou. Tudo o que conseguiu, quase choramingando, foi trocar a manteiga por margarina e tomar o café com leite desnatado.

Quando entramos na clínica, sob aplausos e assobios, eu me lembrei do trecho da carta de Caminha que narra o desembarque na Ilha de Vera Cruz. Pensei que os internos estavam felizes por causa da doação de roupas e alimentos que tínhamos arrecadado ao longo da semana, em um mutirão de solidariedade que contou com a participação de alunos, pais e professores. Mas não era só isso. O que de fato causou alvoroço foi o anúncio de que estávamos ali com a tarefa de fazer entrevistas.

– A gente vai mesmo sair no jornal? – perguntou uma dona magrinha que tinha os braços cobertos de pulseiras.

Clarice se encarregou da resposta:

– Os alunos vão entrevistar os senhores e escrever uma redação. Os melhores textos serão publicados na página e no jornal da escola.

O burburinho tomou conta do salão, concorrendo com a voz estridente da supervisora da clínica. Pra mostrar quem é que mandava, ela tirou do bolso um apito e soprou até ficar vermelha. Trazia esse apito pendurado no pescoço, na ponta de um cordão que também servia pra segurar o crachá. Não entendi por que o nome – ZORAIDE – tinha as letras maiúsculas. Talvez a intenção fosse facilitar a leitura de quem não enxergava direito. Ou será que aquilo não passava de uma exibição de poder?

A mulher só voltou a falar depois que cessou o último pigarro:

– Vocês não vivem reclamando de que não têm o que fazer? Pois esta é uma boa oportunidade de conversar com os estudantes. Só espero que não falem mal de mim. Quem reclamar demais não ganha sobremesa.

O tom ameaçador cortou a graça da piada. Enquanto os professores carregavam as caixas de roupas e mantimentos para o gabinete da Zoraide, os internos cercaram os alunos como crianças de orfanato à espera de adoção. Alguns estavam tão ansiosos que se antecipavam às perguntas, contando histórias mirabolantes pra atrair o interesse dos supostos repórteres.

Sentado em um canto do salão, um senhor apoiado na bengala despertou a atenção geral ao declarar que, modéstia à parte, assistira à final da Copa do Mundo de 1950: a seleção brasileira precisava de um mísero empate, começou o jogo na frente e acabou derrotada pelos

PODEROSA 2

uruguaios... em pleno Maracanã! Os garotos concluíram que o futebol era o melhor caminho pra descobrir o Brasil e fizeram uma roda em volta do sujeito ("Benedito, vulgo Bené") para uma entrevista coletiva.

Bené usava a bengala pra alargar os gestos e contava fofocas de vestiário como se narrasse uma partida. Havia detalhes de sobra pra dar crédito ao relato, mas de repente o cara deixou escapar que o Brasil tinha perdido o título porque Pelé se machucou e teve de ficar no banco de reservas. Dois ou três professores que estavam por perto pediram licença pra discordar: Pelé tinha estreado na Copa de 58, não na de 50. Os entrevistadores morderam a tampa das canetas. E agora, como confiar na memória de um torcedor que não conhecia a escalação do time?

Um tal de Honório tomou a palavra:

— Todo mundo sabe que o Bené só ouvia futebol pelo rádio... E olhe lá! Ele foi casado com uma megera que não deixava o coitado sair de casa nem pra comprar jornal. Passear no Maracanã? Nem pensar!

Honório parecia adivinhar que Bené iria se defender com a bengala, tanto assim que carregava no ombro um velho guarda-chuva de guerra. O duelo de esgrima só não aconteceu porque a galera se meteu no meio a tempo de afastar os valentões. Os estudantes também se dividiram: de um lado, os que não se interessavam pela vida particular do Bené e queriam que ele continuasse narrando os melhores lances da final da Copa de 50, não importando quem estivesse no banco de reservas; a outra metade preferiu confiar no Honório, que também jurava ter assistido a esse jogo e, como prova, tirou do bolso um ingresso amassado e completamente ilegível.

João não sabia em quem acreditar e pediu a minha opinião.

— Acho que os dois estão mentindo — eu disse. — Mas a mentira do Bené é mais divertida.

Dei uma volta pelo salão à procura de uma boa personagem para a minha entrevista e então ouvi, por acaso, outra incrível história da década de 50 – contada pela dona magrinha que tinha os braços cobertos de pulseiras. Emiliana ("Mila, para os íntimos") dizia a Danyelle que as garotas daquela época também sonhavam pisar as passarelas, mas não como manequim. O caminho para a dupla fama & fortuna começava nos concursos de beleza: as faixas das *misses* eram tão cobiçadas quanto a faixa presidencial. Mila perguntou a Dany se por acaso ela sabia o nome da *miss* mais divina de todos os tempos e, sem esperar resposta, afirmou que nenhuma mulher tinha os olhos tão azuis, o cabelo tão dourado e as curvas tão polêmicas quanto a *miss* Brasil 1954: Martha Rocha chegara ao concurso de *Miss* Universo como favorita, mas repetiu o destino da seleção e, segundo a lenda, foi vice por causa de duas polegadas a mais na cintura.

– Você não imagina – disse Mila – como essa derrota marcou a minha geração. Muita gente passou a acreditar que o mundo estava na mão das magras. Aliás, das muito magras. Pra perder peso, a mulherada fazia mil e uma dietas: da lua, da sopa, dos legumes, das ervas, dos grãos, das frutas, da água e do fogo.

Não havia coincidência naquele papo sobre dietas. Danyelle me contou, mais tarde, que decidira entrevistar a moradora mais magra da clínica – e, claro, pedir-lhe dicas e conselhos. Confesso que também tive vontade de saber como era essa dieta do fogo. Será que as mulheres literalmente queimavam as gorduras?

– E você, Mila? – os olhos de Danyelle ardiam de curiosidade. – Que dieta seguiu?

– Quem, eu? Deus me livre! Sempre comi e repeti de tudo.

– Aposto que você fazia ginástica.

– Eu costumava caminhar, mas só de vez em quando. Sou tão preguiçosa...

– Então, só pode ser plástica!

– Morro de medo de hospital – confessou Mila. – Só de ver sangue me dá enjoo.

PODEROSA 2

A indignação de Danyelle tinha uma ponta de inveja:

– Ah... Essa não! Ninguém chega à sua idade com esse corpinho de menina. Tem que ter um segredo.

– Sou descendente de magrelos – disse Mila – por parte de pai e mãe. Eles viviam me dando remédios pra aumentar o meu apetite, mas nem assim eu conseguia engordar.

Danyelle falou apontando a caneta:

– Se você não quer abrir o jogo, paciência. Eu é que não vou perder o meu tempo com essa porcaria de entrevista.

Fechou o caderno e se afastou resmungando. Mila não se abalou:

– O que é que deu na sua amiga?

– Não liga, não. Ela deve estar com TPM!

– No meu tempo – disse Mila –, isso se chamava falta de educação.

Achei que devia ir atrás da Dany e exigir que pedisse desculpas a Mila. Acontece que a garota saiu correndo (por pouco não derrubou um interno) e entrou em uma porta do outro lado do salão.

Algumas das minhas histórias preferidas se passam em velhos casarões, por isso me senti protagonista de um romance ao visitar os fundos da clínica. A tal porta dava em um corredor comprido pelo qual se chegava aos quartos. Eu caminhava olhando para os lados, na tentativa de descobrir onde Danyelle tinha se metido, mas aos poucos fui me distraindo com a reação dos internos. Eram dois ou três em cada quarto e não ficavam indiferentes à minha passagem: ou me convidavam pra entrar, ou me mandavam beijos e acenos, ou me ofereciam bombom, ou batiam a porta na minha cara.

No meio dessa biodiversidade, não podiam faltar os estudantes. Leninha, por exemplo, brincava no quarto de uma baixinha de tranças que lhe davam um ar de menina. Chamava-se Alice e ninava uma prole de bonecas – de louça, de pano, de palha, de madeira – dispostas lado a lado sobre a cama.

Leninha me disse que não tinha visto Danyelle e deu corda nas costas de uma boneca que cantava a primeira estrofe do Hino Nacional.

Alice ficou muito nervosa e abafou a música com um travesseiro. O pânico não era gratuito:

– Dona Zoraide vive dizendo que as minhas filhas são birrentas. Ela tem horror de criança.

Não foi a única queixa contra a supervisora. Uma senhora comprida e desengonçada passou em frente ao quarto da Alice e soltou um comentário ainda mais pesado:

– A Zoraide tem horror de tudo: criança, adulto, bicho, planta... É bom você tomar cuidado, Alice, porque a mulher é bem capaz de raptar as suas bonecas. Da última vez que tentei fugir, ela falou que ia me castigar e ameaçou tomar o meu gato.

Uma acusação como aquela poderia render uma reportagem e tanto! Cheguei até a elaborar a manchete: INTERNA TENTA FUGIR DE ASILO POR CAUSA DE MAUS-TRATOS. Será que eu deveria acreditar nessa história?

Eu só saberia a resposta seguindo o rastro da vítima. Ela caminhou até o fim do corredor e entrou no último quarto. Fiquei parada à porta, à espera de um convite pra entrar, mas não fui muito bem recebida:

– E você, garota? – ela perguntou, depois de se recostar na cama. – O que é que está olhando?

Pra dizer a verdade, eu olhava o gato de pelúcia em que ela apoiava a cabeça. Não sabia explicar o porquê, mas a cena me pareceu familiar. De onde eu conhecia aquela mulher alta e graúda, com os lábios cortados por uma cicatriz? Cutuquei a memória com vara curta, procurando um rosto semelhante entre avós de colegas de sala, parentes remotos que eu só via no Natal e freguesas do salão da Salete. Mas não encontrei ninguém.

– Estou aqui pensando – eu disse – por que você queria fugir.

– Queria, não. Quero. Mas, com essas pernas, não dá pra ir longe. Uma velha sozinha na rua, de camisola e chinelo, chama a atenção de

PODEROSA 2

qualquer um. Tem sempre alguém que telefona para o asilo.

Fui convidada, por fim, a entrar no quarto. Ela puxou a barra da camisola e me mostrou o labirinto das varizes. Sentei-me na outra cama, peguei papel e caneta, pra registrar a entrevista, e deixei o meu celular gravando a conversa, pra garantir que eu não perderia nada.

— E pra onde você queria, digo, quer fugir?

— O destino, pra mim, tanto faz. Já fui moradora de rua e nunca gostei de viver presa. Ainda mais tendo de aguentar a Zoraide.

Piscando furiosamente, um olho de cada vez, a minha entrevistada apontou para o meu bloco.

— Você trouxe bastante papel? O que eu tenho pra contar daria um livro.

— Mas que exagero! – provoquei.

— É sério – ela mordeu a isca. – A Zoraide só trata bem a gente no horário de visita. Mas no dia a dia é diferente. Não deixa ninguém repetir o almoço, usa a sobremesa pra fazer chantagem e aumenta a dose dos remédios pra botar todo mundo dormindo. Passa a tarde trancada no gabinete, jogando paciência no computador.

— Uma clínica deste tamanho deve ter muitos funcionários. Ninguém faz nada por vocês?

— São três ou quatro pobres-diabos que só sabem dizer "sim, senhora". Quem não entra no esquema, rua!

— Esquema? – perguntei em voz baixa; essa palavra cheia de corrupção.

— Estou falando dos presentes que a gente ganha da família. Quer dizer, eu não ganho nada porque sou sozinha no mundo. Mas vejo as visitas trazendo doces, biscoitos, chocolate... O problema é que, pelas regras do asilo, tudo tem de ser entregue à Zoraide.

Fiquei pensando nos mantimentos que a escola tinha arrecadado. A mulher leu a minha mente:

– É por isso que os estudantes são bem-vindos. Vocês doam roupas e alimentos que podem render um bom dinheiro. O que a Zoraide não usa nem come ela vende.

Falando sobre técnicas de jornalismo, a professora Clarice tinha explicado que um bom repórter deve adotar uma posição isenta em relação às opiniões e declarações do entrevistado. Mas como me omitir diante de tão grave denúncia?

– Esse absurdo não pode continuar. Vocês precisam tomar uma atitude!

Ela mostrou um sorriso de poucos dentes e me perguntou, abraçada ao gato:

– E pra que é que você acha, garota, que estou lhe contando tudo isso?

A tiragem do *Olho Vivo* é ridícula, portanto duvido que a minha matéria pudesse sacudir a opinião pública e provocar a demissão da supervisora da clínica. Em todo caso, prometi que faria um texto caprichado e ganhei um beijo e um pedido:

– Queria tanto que você conhecesse a minha companheira de quarto... Ela foi ao banheiro e não deve demorar.

Bem que eu gostaria de ficar mais um pouco, mas nesse instante Apolo veio avisar que era hora de encerrar a visita. Foi quando percebi que tinha me esquecido de acrescentar um dado essencial à entrevista: o nome da entrevistada! Pedi mil desculpas pelo mico e perguntei como se chamava.

– Adalgisa – ela disse. – Às suas ordens.

A senha serviu de Sésamo pra abrir a minha memória. Como é que pude ser tão desligada, meu Deus?! O gato de pelúcia transformado em travesseiro, a cicatriz cruzando a boca, o cacoete de piscar alternadamente – nenhuma outra Adalgisa do mundo reuniria tais características, só mesmo a moradora de rua que fora adotada pela minha avó.

Poderosa 2

Fiquei pinicando de aflição pra fazer uma nova entrevista. Você se lembra do tempo em que morou na casa da vó Nina? Foi difícil conviver com a minha mãe quando ela era adolescente? Por que você fugiu do dia pra noite e onde andou durante todos esses anos? As perguntas borbulhavam na minha cabeça, mas eu estava ansiosa demais e não queria assustar Adalgisa. Decidi voltar outro dia, com mais calma, e saí correndo do quarto pra alcançar a turma.

No meio do corredor, ouvi gemidos. Alguém, talvez, passando mal? Entrei no banheiro e encontrei Danyelle debruçada sobre a própria barriga, contorcendo-se pra vomitar o que tinha lanchado na padaria.

Mas a maior surpresa veio em seguida. O que levei, na verdade, foi um susto – o maior de toda a minha vida. O coração desprevenido quase não acreditou nos olhos. Quem estava ao lado da Dany, amparando a minha pobre colega?

Ninguém menos que... a minha avó!

Então, era ela a companheira de quarto de Adalgisa?! Chamei vó Nina com o braço estendido, mas a vista escureceu logo depois que a parede começou a girar. Não me recordo de mais nada.

Um milímetro de férias

Acordei em um leito de hospital, cercada de olhos úmidos e aflitos. Minha mãe quis saber como eu me sentia, meu pai levantou a mão e me perguntou quantos dedos eu estava vendo, meu irmão falou que eu parecia a morta-viva de um filme de terror que ele tinha visto. Nada como receber o apoio da família! Eu contava, ainda, com a solidariedade de colegas e professores, que se acotovelavam ao redor da cama e me sufocavam de atenção.

Confesso que pensei em desmaiar de novo, mas fiquei mais calma quando João me disse que tudo ia acabar bem. Dali a pouco, apareceu um médico e mandou todo mundo sair da enfermaria – só podiam ficar os parentes.

No meio da confusão, chamei minha mãe com um gesto e cochichei no ouvido dela:

– Eu vi a vó Nina.

Não pareceu muito espantada:

PODEROSA 2

– Isso é normal, filha. Eu também sonho com ela quase toda noite.

– Sonho, coisa nenhuma! Minha avó está viva. Foi internada em um asilo.

Minha mãe achou que eu estava viajando e me tratou como criança ou louca:

– Depois a gente conversa, meu bem. Agora você vai ser examinada.

O médico era grisalho, mas não muito, apenas o suficiente pra inspirar confiança. Tinha os músculos talhados em academia e, ao medir a minha pressão, estofou os bíceps sob o jaleco. Pediu que eu mostrasse a língua, me iluminou a garganta e os ouvidos, enfiou o termômetro debaixo do meu braço e me apalpou o pescoço à procura de caroços. Por fim, me ajudou a ficar de pé e me perguntou se eu estava tonta. Não? Passamos, então, ao exame neurológico: com a mão esquerda toquei a orelha direita e vice-versa, fiquei alguns segundos com os braços abertos e, pra completar, caminhei em linha reta – tudo isso com os olhos fechados.

Terminei o exame no meio da enfermaria... bem na frente do leito da Danyelle! Pra minha surpresa, ela também estava no hospital, tomando soro no braço magrelo e ouvindo as ameaças da mãe: "Se você não comer direito, menina, eu corto a sua mesada!"

Mal esperei que a mulher terminasse a bronca:

– Escuta, Dany. Você falou com a minha... com aquela mulher que a socorreu?

Ela levou algum tempo pra processar a pergunta:

– Gente boa – respondeu, com a língua pesada. – A minha sorte é que ela estava no banheiro quando comecei a vomitar. Ficou o tempo todo comigo, sem reclamar nem fazer careta, depois me ajudou a lavar o rosto e ainda me ensinou uns exercícios de respiração.

Ao me ver caminhando de olhos fechados e conversando de olhos abertos, um menino perguntou à mãe dele se eu era cega ou se estava fingindo. Tinha vindo ao hospital pra tirar o gesso do braço e choramingava com medo de uma possível tragédia: e se o médico fosse distraído e, junto com o gesso, lhe arrancasse o braço?

Outro garoto, bem mais velho, estava ali por causa de um beijo. Pelas gírias que trocava com uma falsa ruiva, percebi que ele tinha engolido o *piercing* que ela carregava na língua.

E havia, ainda, uma garota da minha idade, pouco mais, que entrou sozinha na enfermaria, sem pai, nem mãe, nem namorado, acompanhada apenas por uma barriga que parecia prestes a explodir. Sentou-se em um banco perto da porta e pediu ajuda a um enfermeiro.

– Por favor, moço. Acho que o meu filho vai nascer.

A careta de dor não comoveu o sujeito:

– Que vai, vai, mas não agora. Pode tratar de ficar calminha e parar com esse piti.

Pegou a garota pelo braço e levou-a até um leito vago. Cobrou caro pela carona:

– Vocês, adolescentes, são engraçadas. Estão cansadas de saber que existe pílula, camisinha, tabela, DIU, mas na hora de virar os olhos ninguém pensa no amanhã. Depois ficam aí, com essa cara de leite derramado...

Na hora de virar os olhos! Quem esse enfermeiro pensava que era pra falar daquele jeito? Em vez de tanta truculência, por que não dava à garota carinho e um analgésico?

– Escuta aqui – levantei a voz, mas de repente desisti de brigar e tive uma ideia mais interessante. – Você pode me emprestar a sua caneta?

O cara tirou a caneta de trás da orelha e me entregou com má vontade. A prancheta que trazia sob o braço estava cheia, por isso pensei em lhe pedir uma folha. Mas acabei escrevendo na mão:

PODEROSA 2

> *A dor vai mudar de endereço, deixando a garota em paz e atacando o enfermeiro. Pra aprender a respeitar as mulheres em geral, e as grávidas em particular, esse troglodita vai sofrer... até virar os olhos!*

A garota sorriu e disse que o enfermeiro estava com a razão: a dor era mesmo psicológica e tinha desaparecido. Ele se contorcia, com as mãos na barriga, sem saber como explicar aquelas contrações. Continuei escrevendo:

> *Além de provar a dor de uma grávida, ele vai assumir o medo do menino de braço quebrado.*

O enfermeiro virou as costas para o médico e fugiu para não ser examinado. Ao ver o menino dando uma risada, decidi acudir o casal que não sabia beijar direito. Minha mão estava toda rabiscada, mas espremi a letra pra escrever em cima da linha do amor:

> *O piercing sai do estômago dele e volta para a língua dela.*

A falsa ruiva disse que tinha cometido um engano e esticou a língua pra mostrar uma joia de ouro. O garoto concluiu que talvez tivesse engolido um chiclete e deu um beijo na namorada – apenas um prudente selinho.

Também ganhei um beijo do meu pai quando disse que queria ir pra casa. Minha mãe pensou em me submeter a exames mais detalhados, quem sabe uma tomografia ou uma ressonância magnética? O médico usou a autoridade grisalha pra lembrar que o ambiente dos asilos costuma mexer com as emoções de qualquer um, ainda mais de uma adolescente que acabara de perder a avó. Recomendou que eu relaxasse e tirou do bolso um cartãozinho. Qualquer coisa, era só ligar.

Quando cheguei em casa, o meu WhatsApp estava cheio de mensagens: os colegas faziam mil perguntas sobre a minha suposta doença, diziam que estavam rezando por mim e se ofereciam pra me enviar foto da matéria se por acaso eu faltasse à aula. Não queria perder a tarde mandando mensagens, repetindo a mesmíssima história, por isso escolhi um porta-voz pra contar à galera que me sentia muito bem, obrigada, no dia seguinte voltaria à escola e abasteceria de detalhes a curiosidade geral.

João atendeu no primeiro toque e mal me deixou dizer alô:

– E aí, como você tá?

– Acabei de chegar em casa.

– O que é que o médico disse?

– Ele acha que o meu mal é *stress*.

– E foi por isso que você desmaiou? Não vai me dizer que aderiu à dieta da Dany...

Dany? Tive de morder a língua pra não perguntar desde quando ele tinha intimidade pra chamar Danyelle pelo apelido.

– Não, João, eu não tô de dieta. Desmaiei foi de susto, isso sim.

– Mas quem é que a assustou?

Não havia como dar voltas. Fui direto ao ponto:

– Minha avó!

João levou alguns segundos pra decidir se tinha ouvido direito.

PODEROSA 2

– Também fiquei balançado, Joana, quando entrei na clínica. Você reparou na cara do Bené, aquele velhinho simpático que tava contando a final da Copa do Mundo de 50? Ele me lembrou demais o meu avô, que morreu no início do ano passado e era uma pessoa...

Não deixei que João terminasse:

– Estou dizendo que vi a vó Nina. Não me lembrei de ninguém. Eu vi!

Outro silêncio, ainda mais comprido. João percebeu que eu estava no limite e escolheu as palavras a dedo:

– Pode ter sido... uma ilusão.

– Tá me chamando de mentirosa?

– Que é isso, mô? Só acho que você pode ter se confundido. Recém-nascido não é tudo igual? Pois então. Os velhos também se parecem...

Sempre adorei que João me tratasse por mô, mas pela primeira vez esse vocativo me soou irritante, antiquado, sentimentaloide e piegas. Por que não dizia amor? Precisava transformar em monossílaba uma palavra que já é tão curta?

– Fique sabendo – rosnei – que eu nunca ia confundir a vó Nina.

Conhecendo o poder da minha ficção, João não deixou de me perguntar:

– Você escreveu alguma frase pra trazer sua avó de volta à vida?

– Vontade não me faltou – admiti. – Mas vó Nina não queria ressuscitar. O último desejo dela era ser cremada e ter as cinzas espalhadas em uma roseira.

A lógica masculina não permitiu que João acreditasse em mim.

– Se você não escreveu nada, então ela não pode ter ressuscitado. Quem sabe não era uma parente da sua avó?

– Nem parente, nem sósia, nem clone – rebati com a voz alterada. – Por que você não volta à clínica comigo? Eu vou lá hoje à tarde.

– Hum... Desculpa, mô, mas hoje não vai dar. O Apolo marcou de vir aqui em casa pra me ensinar uns acordes. Você sabia que, na época da faculdade, ele tinha uma banda?

A tentativa de mudar de assunto azedou de vez o meu humor:

– Então, João, boa aula! E, por favor, nunca mais me chame de mô.

Desliguei sem dizer mais nada e avisei à minha mãe que ia sair. Ela me lembrou a recomendação do médico:

– Ele falou que você precisa relaxar.

– Eu só consigo relaxar andando.

– Espere aí. Aonde é que você vai?

O telefone da minha casa tocou. Quando minha mãe atendeu, percebi que ela estava falando com o João e aproveitei pra escapar dos dois.

Havia uma caminhonete estacionada na frente da clínica. Intrigada, me escondi atrás de um poste e vi um grandalhão se aproximar do carro carregando uma caixa com o aviso: CUIDADO, FRÁGIL. ESTE LADO PARA CIMA. Não sei se por pressa ou analfabetismo, o cara não tomou cuidado nem observou o lado certo. Resultado: a caixa rasgou, esparramando uma bagunça na calçada. Por sorte, não havia nenhum vidro, somente latas de óleo, leite em pó, sardinha, salsicha e doce de leite – os mesmos produtos que eu tinha ajudado a embalar, na escola, pra que fossem doados à clínica.

Tive a sensação, por um momento, de testemunhar um assalto. Se o sujeito me visse atrás do poste, seria bem capaz de me dar um tiro ou então de me sequestrar, lucrando não apenas com o produto do roubo, mas também com o pedido de resgate. Quanto é que vale a minha vida? O pânico de ser descoberta me fez encolher a barriga e conter a respiração. A curiosidade, porém, foi maior que o medo: espichando o pescoço, olhei para o homem de alto a baixo e vi que usava um macacão com a logomarca do asilo.

PODEROSA 2

Tudo bem, isso podia ser um disfarce, mas decidi ser otimista e apostei que estava diante de um funcionário desastrado. Saí de trás do poste, disse alô e ofereci ajuda pra catar as latas. O cara agradeceu com um sorriso e tratou de colocar na caminhonete os produtos que eu agrupava, em pequenas pirâmides, sobre a calçada.

O trabalho em equipe me deixou à vontade pra bancar a repórter-detetive:

– Pra onde você vai levar tudo isso?

A supervisora da clínica se antecipou à resposta. De braços cruzados em frente ao portão, Zoraide xingou o rapaz de irresponsável e avisou, pela última vez, que se ele continuasse assim seria dispensado por justa causa.

Olhou-me com as sobrancelhas suspensas:

– O que é que você quer?

Levantei-me, disse o meu nome e me defendi atacando:

– Estive aqui hoje cedo, lembra? A nossa turma veio entrevistar os internos e – apontei para a carroceria da caminhonete – trazer esses mantimentos.

Pensei que Zoraide ficaria desconcertada, mas ela não se abalou:

– Não foi você que desmaiou no banheiro?

– Pois é. Mas já estou melhor.

– Venha cá, Joana. Vamos conversar na minha sala – virou-se para o funcionário. – E você, o que está esperando? Quero tudo isso no depósito.

O grandalhão não entendeu a ordem, que mais parecia uma contraordem:

– Depósito? – ele coçou a cabeça. – Mas a senhora não disse...

Zoraide não deixou que o infeliz terminasse:

– Leve o material para o lugar de sempre. E sem discussão, Uéslei.

Assim que entrei na sala da Zoraide, tive uma crise de espirros: seria uma alergia aos ácaros ou ao mau gosto das cortinas de veludo?

Instalada em um trono barroco, a supervisora me desejou saúde e me indicou uma cadeira tosca, quase um banquinho, do outro lado da mesa.

– Eu costumava botar os mantimentos – justificou-se Zoraide, tão logo parei de espirrar – em um quartinho que transformei em despensa. Mas não deu certo. Os internos arrombavam a porta de noite e comiam tudo de uma vez. No dia seguinte, como você pode imaginar, a clínica virava um hospital especializado em tratar diarreia. Achei melhor, então, alugar um depósito pra guardar as doações.

Em um canto da sala, havia duas caixas abertas: uma com roupas e outra com sandálias e sapatos. A maior parte das peças tinha saído do guarda-roupa da minha avó – inclusive o mocassim de couro que Zoraide calçava, sem o menor constrangimento, balançando os pés por baixo da mesa.

Tive de fazer muito esforço pra não deixar o sangue entrar em ebulição. Motivo não me faltava pra chamar a mulher de ladra e perguntar se ela não sentia vergonha de tomar a roupa e a comida dos internos. Mas, pensando bem, de que me adiantava armar um barraco? Precisava falar com a minha avó e dependia de autorização pra entrar na clínica.

– Estou aqui, doutora, pra terminar o meu trabalho da escola.

– Pode me chamar de Zoraide – ela disse vaidosa pelo diploma pendurado na parede.

– Sabe a Adalgisa? Foi com ela que eu conversei. Mas também queria falar com a outra, que dorme no mesmo quarto e foi muito citada na entrevista.

– Cuidado com essa mulher!

Fiquei confusa:

– Qual das duas?

– Adalgisa, ora! Uma louca! Quando vocês foram embora, ela arranjou uma gritaria e tentou me atacar com isto – ergueu pelo rabo o gato de pelúcia. – Ficou tão descontrolada que tivemos de lhe dar um sedativo. Acho que hoje não tem forças nem pra abrir os olhos. Quanto mais a boca!

– Tudo bem – eu disse. – Queria mesmo era falar com a colega dela.

Zoraide balançou a cabeça:

– No seu lugar, eu escolheria outra pessoa.

– Por quê? Ela também está dormindo?

– Não é isso. Acontece que a fulana não quer saber de conversa.

Banquei a tonta:

– Como é mesmo o nome dela?

– Nem imagino. Faz poucos dias que chegou à clínica e até hoje não me disse um oi. Veio sozinha, com a roupa do corpo, e não trazia documento. Aposto que está esclerosada e fugiu de casa, isso acontece muito. Talvez o melhor seja ligar para a polícia.

– Quem sabe comigo ela se abre?

Zoraide apontou o relógio da parede:

– O problema é que não está no horário de visita.

Olhei para o mocassim da minha avó.

– Por favor, doutora. Preciso me dar bem nesse trabalho.

– Duvido que a fulana vá falar – ela disse, afastando os pés pra baixo da cadeira. – Mas já que você insiste...

Atravessei o corredor sob um coral de roncos e me perguntei como alguém consegue dormir no meio de uma sesta tão escandalosa. Seria verdade que Zoraide aumentava a dose dos remédios pra deixar os internos hibernando? Naquele momento, eu não tinha cabeça pra pensar nesse assunto. Ou em qualquer outro.

Raciocinando com o coração, entrei no último quarto do corredor em câmera lenta, arrastando as pernas como uma astronauta sujeita aos efeitos da baixa gravidade. Sabia que encontraria Adalgisa dormindo com a cabeça jogada no colchão, porque não podia contar com o travesseiro felino. Mas como prever o comportamento da minha avó?

Dona Nina estava sentada na cama, olhando distraída pela janela, e me pareceu sorrir quando Zoraide anunciou: "Visita pra a senhora!"

Se não fosse a presença da supervisora, eu teria abandonado o meu andar de astronauta e cruzado o quarto como um foguete pra me atirar nos braços da vó Nina. Fui forçada, porém, a me apresentar com voz firme e enfatizar que tinha muito prazer em conhecê-la.

– Hoje de manhã, entrevistei a Adalgisa – eu disse, segurando as mãos da minha avó. – Ela me falou tão bem de você... da senhora.

Vó Nina olhava fixo pra mim, mas não deu sinal de que me ouvia. Não desanimei:

– Como é que a senhora veio parar aqui?

Nenhuma resposta. Tentei outro caminho:

– Bonito este vestido. Quem lhe deu?

O vestido que tinha usado no velório! E também o mesmo colar de pérolas, além de um resto de esmalte nas unhas. Nova tentativa:

– Por que é que a senhora não volta pra casa, vó?

Chamar os internos de "vovô" e "vovó" era um hábito comum entre os visitantes da clínica, por isso a supervisora não desconfiou de que eu e aquela senhora impassível tínhamos o mesmo sangue.

– Não adianta – disse Zoraide. – Ela não se lembra de nada.

Fingi resignação com um suspiro.

– Tem razão, doutora. Acho melhor eu ir embora.

Na despedida, dei um abraço apertado na minha avó e aproveitei pra cochichar-lhe que eu era inocente. Não me lembrava de ter escrito nenhum texto em que ela aparecesse como personagem, portanto não sabia explicar por que estava viva ou como renascera das cinzas.

Vó Nina continuou calada, mas esfregou os olhos úmidos. Zoraide não se comoveu: aquilo não passava de um cisco.

PODEROSA 2

Apesar do silêncio da vó Nina, saí da clínica com a alma *light* e louca pra fazer as pazes com o João. Ele não podia ser condenado só porque duvidou de mim: qualquer garoto ficaria espantado ao ouvir a namorada contar que a avó dela, morta e cremada, tinha ressuscitado e estava morando no asilo municipal da cidade. Ser chamada de mô, além do mais, não é nenhuma catástrofe. Como pude permitir que uma sílaba acabasse com o meu humor? Deixei o orgulho de lado e decidi procurar o João.

Pensei que ele estaria tocando violão no quarto, que fica na parte de cima do sobrado, mas o único som que chegava à rua vinha do secador de cabelos: o salão da Salete funciona no térreo e, pra variar, estava lotado.

Ao me ver na calçada, Salete pediu licença a uma freguesa e veio falar comigo. Disse que o filho levava jeito pra música e estava aprendendo violão com Apolo, mas a aula tinha terminado mais cedo por causa de um jogo na escola. Por fim, comentou que eu parecia aflita e deu uma olhada na palma da minha mão.

– Estranho – ela diagnosticou, com a testa franzida. – Tem um pedaço da linha do destino que está praticamente apagado.

Nunca fui muito ligada em quiromancia e outras artes transcendentais, mas confesso que me incomodou aquela previsão sombria:

– Isso significa... que eu vou... morrer?

Salete riu das minhas reticências:

– Deixe de ser dramática, Joana. A linha some por um milímetro, mas logo em seguida reaparece ainda mais forte e marcante, veja só!

– Mas por que o meu destino faz essa pausa?

– É possível que você saia da sua realidade pra viver outro papel. Como um período de férias, entende?

Sair da minha realidade pra viver outro papel! Por que a linguagem esotérica utiliza essas metáforas impenetráveis? Salete piscou pra mim:

– Você andou brigando com o Júnior, não foi?

Acostumada a chamar Júnior de João, levei algum tempo pra perceber que ela falava do filho. Fiquei curiosa:

– Isso também está na minha mão?

– Não – ela foi sincera. – Nos seus olhos.

Gostaria de contar a Salete que minha avó estava viva, mas não tive tempo de dizer mais nada. Minha sogrinha foi chamada por uma funcionária e me pediu pra voltar outra hora porque tinha de dar atenção às freguesas.

Entrei no ginásio da escola no final do primeiro tempo. Danyelle me viu de longe e me acenou do meio da arquibancada. Fui me sentar perto dela e logo fiquei a par das fofocas: o jogo fazia parte do torneio intercolegial, estávamos perdendo por 4 a 0, o juiz tinha ameaçado o técnico da nossa equipe de expulsão se ele não parasse de reclamar.

– Estou achando você um pouco pálida – eu disse. – Você, por acaso, já almoçou?

– Mas é claro – ela riu, mostrando uma caixa de chicletes quase vazia.

– E desde quando – falei sério – chiclete é almoço?

O apito do juiz deu início ao intervalo. Saí andando no meio da galera, cheguei bem perto da quadra e vi João soprando a franja. Todo o time estava cabisbaixo. Sem coragem de encarar a torcida, os jogadores se reuniram atrás do gol pra ouvir as instruções e o desabafo do técnico.

Quem comanda a nossa equipe é o Aquiles, professor de Educação Física. Durante as aulas, ele vive dizendo que o importante é competir,

PODEROSA 2

mas como técnico não hesitou em mostrar os dentes e esbravejar contra a apatia e a falta de amor-próprio de um bando de garotos que chutavam a maricota como se ela fosse uma qualquer.

Nunca tive paciência pra acompanhar futebol, mas me delicio quando os locutores de rádio inventam apelidos para a bola e quase engolem o microfone pra contar que o camisa 10 recebeu o lançamento com açúcar, deu um chapéu no zagueiro e mirou no último andar do gol adversário, acertando a maricota tão perto do ângulo que a coruja levantou voo do travessão que lhe servia de poleiro. Acho que as belas jogadas dependem do modo como são narradas: o verdadeiro futebol-arte está no talento de driblar as palavras.

Eu estava debruçada no alambrado e percebi que Aquiles não resistia a uma boa metáfora. Depois de espinafrar o time, ele mudou de tom e pediu a cada um que cortejasse a maricota como se ela fosse uma dama especial, a mulher mais bonita do mundo, a última representante do sexo feminino sobre a superfície da Terra.

– Cortejar – explicou Aquiles diante das caras de interrogação – é o mesmo que flertar, paquerar, armar, investir, conspirar, jogar charme, enfim, preparar o meio de campo pra conquistar o coração de uma garota. Por que vocês acham que alguns artilheiros beijam a maricota antes de cobrar um pênalti?

João deslizava os dedos pela costura da bola, mas interrompeu a carícia ao me ver à beira da quadra e veio conversar comigo. Só tivemos tempo, porém, de trocar três ou quatro palavras. Sem mais nem menos, ele me largou falando sozinha e correu em direção à torcida pra socorrer Danyelle!

Sim, ela havia sofrido mais um desmaio e estava caída na arquibancada.

Sei que Dany atravessa uma fase difícil e precisa do apoio dos colegas. Mas será que não havia nenhum outro herói pra carregá-la no colo até a enfermaria? Tinha de ser justamente o meu namorado?

Aproveitando-se do anonimato, um engraçadinho disse que desmaio se cura com respiração boca a boca. Danyelle conseguiu abrir os olhos e, apesar da fraqueza, enroscou os braços no pescoço do João. A galera começou a gritar "Beija! Beija!", mas não aceitei a provocação e saí do ginásio sem olhar pra trás.

Não sabia pra onde ir e deixei que meus pés escolhessem o caminho. Eles seguiram por ruas desconhecidas, como se estivessem confusos ou perdidos, mas não demorei a me localizar. De repente, senti cheiro de vela e de flor e passei na frente de um *shopping* especializado em funerárias. Avistei, logo depois, a ponta de um cipreste e cheguei ao Cemitério Municipal.

Os mortos ocupam um quarteirão inteiro e ficam protegidos por um muro alto, cheio de trincas, por onde é possível assistir aos enterros sem ter de entrar no cemitério. Caminhando ao longo da calçada, enfiei o rosto em uma dessas trincas e vi um homem de cabeça branca. A distância me impedia de enxergar o rosto, mas decidi apostar na intuição e atravessei o portão de ferro onde se lê, em letras quase apagadas e grafia antiga, SOMOS TODOS IGUAES.

A intuição não me decepcionou: debruçado no túmulo, Henrique tentava afugentar um calango que passeava sobre o nome da vó Nina. Ouvi o canto triste de um bem-te-vi e me animei a perguntar:

— Cadê a sua gaita? Gostei tanto do *Choro para Nina*...
— Joguei as cinzas lá dentro, lembra? Agora fico com dó de soprar.
— Você devia ter trazido outro instrumento. O sax, por exemplo.

Henrique tapou o riso com a mão tatuada. Não havia ninguém por perto, mas ele não voltou a falar antes de olhar para os lados:

PODEROSA 2

– Os funcionários do cemitério não gostam de música. Na primeira vez em que toquei a gaita, eles ficaram me olhando como se eu fosse maluco. Imagine o que aconteceria se aparecesse com um sax. Acho que terminaria os meus dias fazendo concertos no hospício.

Talvez os funcionários estivessem com a razão: só mesmo um louco iria ao cemitério pra tocar choro diante de um túmulo. Um cara desses, meu Deus, não merece sofrer! Eu precisava contar que vó Nina estava viva, mas temia que Henrique tivesse um troço e fui avançando aos poucos:

– Veja os olhos da minha avó – apontei para a moldura da imagem pregada na cabeceira do túmulo. – Nem dá pra acreditar que ela morreu...

– Eu queria tanto uma lembrança – disse Henrique. – Pra falar a verdade, estava pensando em fazer um cópia dessa foto.

– Eu posso lhe emprestar o meu álbum...

– Nossa, Joana! Nem sei o que dizer.

– Você não viu nada. Tenho uma surpresa que, essa sim, vai matar a sua saudade.

Henrique ficou pensativo e, por fim, estalou os dedos:

– Já sei. Um vídeo! Hoje em dia, com esses celulares, qualquer um pode filmar a família e os amigos.

Não dava mais pra adiar a verdade:

– Vídeo não mata a saudade de ninguém... E se eu dissesse que a minha avó está viva?

Como eu previa, Henrique não acreditou:

– Eu acusaria você de plágio, minha querida. A mitologia grega conta que havia uma ave enorme, do tamanho de uma águia, que vivia cerca de 500 anos e era conhecida como fênix. Ao sentir que estava morrendo, a fênix fazia um ninho com ervas aromáticas que o Sol esquentava até pegar fogo. Então, ela se atirava nas chamas e virava um punhado de cinzas, de onde surgia uma ave novinha em folha, um clone da primeira, e vivia feliz para sempre. Ou, pelo menos, por mais 500 anos...

Muitos autores sentem urticária só de ouvir a palavra plágio. Mas o que mais me incomodou, naquele instante, foi a ironia do Henrique.

– Isso não é mitologia – eu disse. – Não sei explicar como aconteceu, mas a verdade é que a vó Nina não está morta. Duvida? É só ir até o asilo municipal...

– Brincadeira tem hora – ele me cortou. – A memória da sua avó merece mais respeito.

Henrique me deu as costas e foi embora do cemitério. Ignoro quanto tempo fiquei plantada na frente do túmulo, ouvindo o refrão monótono do bem-te-vi e olhando para a foto da vó Nina... até compreender, finalmente, por que ela havia ressuscitado.

O engraçado é que a resposta estava bem na minha frente; mais exatamente, no epitáfio da minha avó. O texto original – *Nina está viva e forte dentro da gente* – tinha sofrido uma pequena mudança. Os nomes dos outros mortos ocupavam quase todo o túmulo, de modo que só coube uma parte da frase:

> NINA ESTÁ VIVA E FORTE

A revisão não tinha a minha licença, mas sou obrigada a admitir que não há uma única palavra alheia: a frase é de minha autoria e por isso virou realidade.

⁂

Quando eu disse à minha mãe, lá no hospital, que vó Nina estava em uma clínica, minhas palavras não foram levadas a sério. Tal reação, pensando bem, fazia parte do contexto: eu acabara de acordar de um desmaio e poderia estar confundindo o mundo real com a fantasia. Ao fim do dia, no entanto, a minha credibilidade continuava em baixa.

Poderosa 2

Cheguei em casa contando as novidades, mas ao falar do epitáfio fui censurada:

— Acho melhor – disse minha mãe – deixar a sua avó descansar em paz.

— Quem disse que ela está descansando?

— Lá vem você com essa história...

— Não é história, não. Hoje à tarde, passei no cemitério e li o epitáfio.

— E aí, ficou bom? Eles cobraram tão caro!

— Cortaram um pedaço da frase.

— Faltou espaço no túmulo, daí eu mandei cortar. Por quê, algum problema?

— Não, nenhum. Só que o novo epitáfio, *Vó Nina está viva e forte*, ganhou um sentido concreto. Tanto assim que ela ressuscitou.

Estávamos no sofá da sala, assistindo ao noticiário local. Pela primeira vez, minha mãe tirou os olhos da tevê:

— Quer dizer que a sua avó renasceu das cinzas por causa de uma frase? Aliás, um pedaço de frase.

— Você sabe, mãe, que as minhas palavras...

— Sei, sei – ela desconversou. – Escute, Joana, que tal deixar esse papo pra outra hora? É que eu tive um dia meio difícil...

— Eu também, mãe. Mas a gente precisa tirar a vó Nina do asilo.

Ela voltou a olhar para a tevê e fez psiu pra ouvir uma notícia sobre o movimento grevista nas universidades. Parece que não ficou muito satisfeita com o índice de reajuste proposto pelo governo. E descarregou a frustração em cima de mim:

— Ponha na cabeça, de uma vez por todas, que ninguém renasce das cinzas. Só mesmo na mitologia. Os gregos contavam que uma ave...

— Conheço a lenda da fênix – eu disse. – Mas não estou falando de ficção. Antes de ir ao cemitério, dei um pulo na clínica e conversei com a vó Nina. Na verdade, só eu falei. Acho que ela não me reconheceu.

Minha mãe se levantou do sofá:

– Chega, Joana Dalva! Se você insistir nesse assunto, vou ser obrigada a levá-la a um psicólogo.

Aquilo era o quê, uma ameaça? Tamanha falta de psicologia me fez abandonar a discussão e a sala.

Cobaia do texto

INTERNA TENTA FUGIR DE ASILO POR CAUSA DE MAUS-TRATOS

A supervisora do asilo municipal, Zoraide, está sendo acusada de maus-tratos, abuso de poder, desvio de recursos e formação de quadrilha. A autora das denúncias é Adalgisa, uma interna que se cansou de ser oprimida e resolveu quebrar o silêncio. Ela já tentou fugir várias vezes da instituição e, apesar das precárias condições de saúde, garante que não vai desistir: "Já fui moradora de rua e nunca gostei de viver presa. Ainda mais tendo de aguentar a Zoraide". Em entrevista exclusiva, na manhã de ontem, Adalgisa acusou a supervisora de chefiar uma quadrilha que há anos vem cometendo todo tipo de delito: desde pequenas mesquinharias, como restringir o almoço ou cortar a sobremesa, até crimes previstos no Código Penal, como aumentar a dose de remédios para que os internos passem o dia dormindo e não deem trabalho. A quadrilha é formada pelos funcionários da clínica e também está envolvida em um esquema de corrupção. O regulamento do asilo prevê que as doações sejam feitas diretamente à supervisora, que, dessa forma, fica à vontade para comercializar os mantimentos. Adalgisa não mede as palavras: "Vocês doam roupas e alimentos que podem render um bom dinheiro. O que a Zoraide não usa nem come ela vende".

 À tarde, um funcionário chamado Uéslei foi visto diante da clínica enchendo a carroceria de uma caminhonete com alimentos doados pela escola. O flagrante não pareceu intimidar a supervisora, embora ela estivesse usando um mocassim que pertencera à avó de uma aluna. Zoraide alegou que guardava as doações em um depósito para evitar assaltos noturnos à despensa, cometidos pelos próprios internos. A entrevistada não pôde confirmar essa informação, pois dormia a custo de sedativos, com a cabeça apoiada diretamente no colchão – o gato de pelúcia que lhe servia de travesseiro tinha sido confiscado pela supervisora.

 A colega de quarto de Adalgisa também permaneceu em silêncio, mas não porque estivesse dormindo: o problema é que aquela senhora não se comunica com ninguém. Chegou há poucos dias à clínica, vinda ninguém sabe de onde, e tem o olhar espantado de quem sofreu um grande trauma. Zoraide acha que ela "está esclerosada e fugiu de casa, isso acontece muito. Talvez o melhor seja ligar para a polícia".

 Mas o que aconteceria se a polícia desse uma batida no asilo municipal e decidisse investigar em que condições vivem os internos, por que eles passam o dia dormindo, qual o endereço do depósito onde são guardadas as doações? Talvez a supervisora fosse obrigada a trocar o gabinete por uma cela.

 Todos os caminhos levam ao Brasil. Entrevistando a dupla Bené e Honório, os garotos produziram reportagens sobre a Copa do Mundo de 50 e mostraram como o país chegou ao primeiro mundo do futebol.

PODEROSA 2

Danyelle aproveitou o depoimento de Mila sobre os concursos de *misses* pra falar sobre o *glamour* das passarelas e o sonho de virar modelo, manequim, capa de revista e atriz de novela – não necessariamente nessa ordem. O tema de Leninha foram os brinquedos de antigamente, muitos deles ameaçados de extinção, como as bonecas artesanais de uma interna chamada Alice.

Não gosto muito de falar em público, por isso senti o coração disparado quando Apolo me chamou pra ir lá na frente ler a minha reportagem. A aula era de História, mas a professora de Português também estava na sala e me encorajou com um sorriso. No fundo, o que eu tinha a temer? Alguém precisava denunciar as injustiças cometidas na clínica e libertar os internos da tirania de uma supervisora corrupta.

Ao lembrar que minha avó estava internada naquele campo de concentração, segurei a folha sem tremer e me senti uma apresentadora anunciando as manchetes em um jornal da tevê. Devo ter caprichado na emoção, pois, ao terminar, recebi aplausos dos colegas e pensei que a minha redação seria publicada no *Olho Vivo*.

Mas pensei errado.

Tirando os olhos do papel, percebi que Apolo não estava aplaudindo e cochichava uma censura no ouvido da Clarice. O professor de História levantou os braços e restabeleceu a ordem com um pigarro:

– A sua reportagem tem clareza e objetividade – admitiu Apolo. – Essas características são essenciais para um bom texto jornalístico, não é verdade, professora?

Clarice deu razão ao colega. Apolo partiu, então, para o ataque:

– Mas é preciso considerar, Joana, que as suas denúncias são muito graves. E se a Adalgisa estiver inventando?

A turma saiu em minha defesa:

– Os internos estão por aqui – Leninha botou a mão na testa – com a supervisora. Ela vive ameaçando jogar as bonecas da Alice no lixo!

– Eu também ouvi horrores sobre essa Zoraide – disse Danyelle. – A Mila garantiu que no inverno a megera desliga o aquecedor do chuveiro.

João contou que Bené e Honório brigavam à toa, principalmente quando o assunto era Copa do Mundo, mas em uma coisa eles concordavam:

– Nenhum dos dois suporta a Zoraide. Ela diz que futebol faz mal para o coração e não deixa ninguém ver jogo na tevê.

O apoio de João não me comoveu: ainda estava magoada por ele ter pegado a Dany no colo. Outros colegas tinham histórias semelhantes e começaram a falar ao mesmo tempo. Apolo deu um tapa no quadro:

– Calma lá, minha gente. Tudo isso pode ser verdade, mas quem acusa precisa ter provas.

O burburinho voltou a crescer. Coube a Clarice a interpretação do texto:

– O que o professor de História está tentando dizer é que vocês devem ter cuidado com o que escrevem. Vejam a redação da Joana Dalva. Ela afirma, por exemplo, que o gato de pelúcia que a Adalgisa fazia de travesseiro foi confiscado pela supervisora.

– É a pura verdade – insisti. – Eu vi o gato no gabinete da Zoraide.

– Sim, minha querida. Mas desse jeito você se arrisca a enfrentar um processo por calúnia. O mais prudente, no caso, é dizer que o tal gato de pelúcia *teria sido* confiscado. Ou que a *suposta* quadrilha *seria* formada pelos funcionários da clínica. Ou que a polícia *poderia* indiciar a supervisora se fizesse uma investigação. Reparou no tempo verbal? Teria, seria, poderia... Enquanto o suspeito não for condenado, contente-se em usar o futuro do pretérito.

PODEROSA 2

Apolo agradeceu a intervenção de Clarice e lembrou-se de outros detalhes:

– Você se esqueceu de mencionar o sobrenome da supervisora, da entrevistada e do funcionário da clínica. Mas o pior, Joana, é que faltou imparcialidade à sua matéria. Não é preciso ser jornalista pra saber que as duas partes envolvidas merecem o mesmo espaço. E qualquer leitor percebe, convenhamos, que você ficou do lado dos internos.

Aquela conversa estava começando a me irritar:

– Não me preocupei em ser imparcial. Meu objetivo foi fazer uma denúncia contra a supervisora do asilo.

– Tudo bem – disse Apolo. – Mas você poderia ter entrevistado outras pessoas.

– Eu tentei, professor. Não tenho culpa se a companheira de quarto da Adalgisa não queria falar.

– Estou me referindo – ele insistiu – a internos que tenham condições de se expressar. Essa velha, pelo que entendi, está completamente gagá.

Não pensei duas vezes... Aliás, não pensei nem uma vez pra explodir:

– Quem é você pra xingar a minha avó?

Seguiu-se um silêncio curto, mas carregado de eletricidade. Apolo precisou de um tempo pra se refazer do susto:

– Espere aí, Joana. A sua avó morreu. Como é que ela pode estar no asilo?

Clarice, mais uma vez, encarregou-se da interpretação:

– Joana está falando em sentido figurado. De certo modo, todas as internas do asilo poderiam ser nossas avós.

A turma esperava que eu confirmasse a tese da professora de Português. Mas, àquela altura, não dava pra recuar. Tinha de salvar a minha avó e não hesitei em contar a verdade:

– Não, Clarice, não é nenhuma metáfora. A companheira de quarto da Adalgisa é mesmo a vó Nina.

Todos os colegas me olhavam (até mesmo João, ai de mim!) como se eu estivesse maluca. Clarice perguntou se eu me sentia bem e me chamou pra tomar um pouco de ar. Agradeci a oferta, mas só queria mesmo ir ao banheiro – e sozinha.

Guardei o meu texto no bolso e saí da sala sem olhar pra trás. Não queria falar com ninguém, por isso dei graças a Deus por encontrar o banheiro deserto. Joguei um pouco de água fria na nuca e encarei o espelho. Não bastassem todos os problemas, havia uma espinha nova bem na ponta do meu queixo. Era só o que me faltava! Senti comichão na ponta dos dedos pra espremer a intrusa, mas fiquei com medo de abrir uma cratera que poderia virar cicatriz.

Enquanto examinava a espinha, tentei prever a reação da diretora ao saber que eu cometera a heresia de afirmar que minha avó estava viva. Era quase certo que dona Nélia intimasse meus pais a comparecer à escola, como fizera da outra vez, quando escrevi aquela redação mudando o destino de Joana d'Arc. Eu teria de me submeter ao tribunal do Santo Ofício e, pra escapar da expulsão e do psicólogo, renegar as minhas palavras e confessar que tudo não passara de um mal-entendido.

Não, eu não estava com disposição pra enfrentar um interrogatório. E se eu for de fato uma bruxa que nasceu com a mão esquerda enfeitiçada? Toda bruxa que se preza tem uma espinha no rosto, portanto achei melhor não espremer a minha. Em vez de voltar à sala, abandonei a mochila e fugi da escola.

Cheguei à clínica no meio da manhã e fiquei sem saber se era horário de visita. Não querendo pedir autorização pra me encontrar com a vó Nina, passei por um portão lateral e segui por um corredor comprido e estreito que leva diretamente ao quintal. Uma placa pendurada no muro diz que ali é uma ÁREA DE RECREAÇÃO, mas quem

PODEROSA 2

consegue se divertir ou relaxar no meio da imundície? Fazia dias, talvez semanas ou meses, que o quintal não ganhava uma faxina: o chão estava coberto de folhas, a grama tinha virado um matagal e as moscas se multiplicavam ao redor das lixeiras entupidas.

Não sei como os internos suportavam aquele cheiro. Será que o olfato também envelhece? A maioria estava sentada nos bancos de pedra e mantinha os olhos em um ponto indefinido entre a beira do telhado e o céu. Não demorei a identificar alguns conhecidos: Bené e Honório discutiam junto a uma pilastra se o goleiro da seleção, Barbosa, era o culpado pela derrota do Brasil na final da Copa de 50; Alice empurrava um carrinho de boneca, olhando para os lados e para trás como se temesse um sequestro; Mila desfilava o corpinho de modelo que não carece de regime.

Da minha avó, nem sinal. Fui ao fundo do quintal pra falar com Adalgisa, que remexia umas sobras de comida. Dei-lhe um tapinha no ombro.

– A reportagem que você me pediu – mostrei-lhe a minha redação. – Só não sei se vai ser publicada.

– Você botou aí tudo o que eu disse?

– Veja você mesma.

Adalgisa pregou o nariz no texto, mas só conseguiu ler uma ou duas linhas.

– Acho que estou precisando de óculos – ela me devolveu o papel. – Quando eu firmo a vista, as palavras dançam e acabam mudando de linha. É como se eu tivesse olhos de gelatina.

Comecei a ler em voz alta, mas Adalgisa não parava de fuçar a lixeira. Larguei o texto pela metade e pus as mãos na cintura:

– O que é que você tanto procura, afinal?

– O meu gato – ela choramingou, sacudindo uma tira de pelúcia. – Só achei, por enquanto, o rabo.

– E o resto?

Adalgisa sacudiu os ombros:

– Por aí. Zoraide pegou a tesoura e cortou o bicho em pedacinhos. Acho que ela ficou brava porque tentei fugir outra vez.

Pra desfazer o esquartejamento, precisava de papel e lápis e fui falar com um interno de pijama listrado que rabiscava bilhetes de loteria. Ele ficou meio desconfiado quando pedi pra dar um palpite, mas acabou concluindo que eu poderia lhe trazer sorte.

Escrevi no verso do bilhete, com letra de formiguinha:

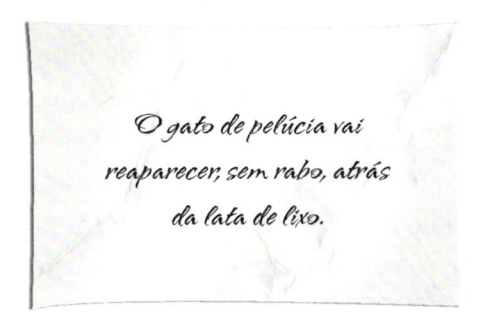

> *O gato de pelúcia vai reaparecer, sem rabo, atrás da lata de lixo.*

Em seguida, marquei alguns números e fiz um trato com o sujeito: se ficasse rico, ele me daria de presente uma viagem do Oiapoque ao Chuí, combinado?

Voltei pra perto de Adalgisa e perguntei, como quem não quer nada:

– Você já procurou atrás da lixeira?

Adalgisa olhou na direção do meu dedo e pegou no colo o amigo de pelúcia:

– Achei que a Zoraide tinha judiado de você, meu bichinho... Será que eu estava sonhando?

– Deixe pra lá – encerrei o assunto. – O que conta é que o seu travesseiro, quer dizer, o seu gato está são e salvo e praticamente inteiro. É só costurar o rabo.

– Costurar? – ela balançou a cabeça. – Mal consigo enxergar a linha, quanto mais o buraco da agulha! É melhor eu pedir à sua avó, que ainda tem a vista boa.

Senti o sangue desacelerando e achei que fosse virar estátua:

PODEROSA 2

— Você disse... minha avó?

— Foi o que a dona Nina me contou. Você não é a Joana d'Arc?

— Joana Dalva — corrigi, já habituada àquela troca. — Mas como é que pode? A Zoraide me disse que a vó Nina não fala com ninguém.

— Comigo ela sempre falou — Adalgisa disse com orgulho. — Quer saber de uma coisa? Eu já morei, por uns tempos, na casa da dona Nina. A sua mãe tinha a sua idade e me tratava como irmã. Tanta saudade da Sônia... A cabeleira dela ainda bate na cintura?

— Não — lamentei informar. — Agora, termina na nuca.

— Sônia costumava usar uma pasta de mel com babosa pra deixar os cabelos sedosos. Teve uma vez que ela dormiu com a cabeça lambuzada. No dia seguinte, o travesseiro acordou preto de formiga.

Adalgisa queria contar outras histórias pra provar que conhecia o folclore da família, mas no momento eu não estava interessada. Não via a hora de falar com a minha avó e fui procurá-la dentro do casarão.

Não dava pra chegar ao quarto da vó Nina sem passar diante do gabinete. Colei o corpo na parede, bem ao lado da porta aberta, e ouvi uma voz estridente xingar o rei de idiota. Duvido que algum monarca se animasse a visitar o asilo municipal, ainda mais pra ser ofendido: o mais provável era que a supervisora estivesse jogando paciência no computador — e perdendo. Aproveitei a distração de Zoraide pra atravessar o salão e disparei até o fim do corredor.

Entrei no quarto sem bater à porta e pulei na cama pra abraçar a minha avó. Ela riu da minha euforia e deixou cair o bloco e a caneta com que escrevia uma carta... pra mim!

— Queria entender, Joana, por que ressuscitei e como fiquei curada. Passei os últimos meses de cama, sem forças sequer pra me levantar, mas agora me sinto pronta para correr a maratona.

Fiz um resumo da história do epitáfio e expliquei que os adjetivos, quando bem empregados, podem realizar milagres: além de escrever que minha avó estava viva, eu tinha acrescentado que ela era forte.

Fiquei um pouco constrangida ao confessar que não pude atender ao seu último desejo. Quando contei que Xandi havia jogado as cinzas no ralo da pia, pensando que fosse chocolate estragado, vó Nina teve um ataque de riso.

– Daria tudo para ver essa cena! – ela disse, enxugando as lágrimas. – É uma pena que eu estava morta.

Senti que era o momento de matar uma velha curiosidade:

– E o que é que tem do lado de lá?

Vó Nina olhou para a parede. Tive de me explicar melhor:

– Do outro lado da vida, vó. Existe céu? Os mortos conversam em latim? Os anjos são bochechudos? Você falou com Deus? Ele é homem ou mulher?

A lista de perguntas estava só começando, mas minha avó me deteve com um gesto:

– Na minha idade, a memória é um pote cheio, sem muito espaço para as novidades. Eu me lembro até hoje dos nomes das minhas bonecas, do pé de jambo que tinha no quintal da minha casa, da primeira espinha que brotou no meu rosto... Mas às vezes não consigo dizer o que comi no almoço ou com quem conversei na véspera. O meu *tour* pelo céu, por exemplo, não coube no pote.

Só me restava, neste caso, fazer uma pergunta mais mundana:

– Como é que você veio prar aqui?

– Não me recordo de todos os detalhes. De repente, eu me vi caminhando sem rumo e achei que estava perdida na cidade dos mortos. Mas, olhando ao redor, percebi que já conhecia aquelas ruas e praças. Sei o poder da sua literatura, Joana, e deduzi que você tinha escrito alguma frase pra me trazer de volta à vida.

– E por que você não foi pra casa, vó?

PODEROSA 2

— Tive medo de assustar as pessoas. Imagine a cara do porteiro do prédio quando me visse na calçada!

Não resisti ao gracejo:

— Seu Esteves passa o dia inteiro dormindo! Se ele ficasse assustado, você podia dizer que era um sonho.

Vó Nina falava sério:

— Entrei em um orelhão e liguei pra casa. Quem atendeu foi o Xandi. Quando ele disse alô, fiquei muda. O que é que eu ia responder? Alô, querido, aqui é a vovó. Você soube da última? Eu estou viva... Não dava pra ser tão direta, entende? Desliguei o telefone sem abrir a boca.

— E então – concluí – você decidiu se mudar para o asilo.

— Não foi nada planejado. Eu estava passando aqui na rua e por acaso encontrei a Adalgisa tomando sol na varanda. Você sabia que há muitos anos, quando ainda era mocinha, ela morou lá em casa? Pois é. Um belo dia, sem nenhum motivo, a garota desapareceu, sumiu, evaporou. Cheguei a procurar a polícia pra ver se descobria alguma pista, mas nunca mais tive notícia.

— E por que – curiosidade pega – Adalgisa fugiu?

— Ela não quer falar nesse assunto.

— Não quer, paciência – resmunguei. – Você devia voltar pra casa.

Barulho de passos no corredor. Vó Nina baixou a voz:

— Não posso abandonar Adalgisa. Ela reclamou tanto da supervisora que resolvi passar uns tempos por aqui. Pra não levantar suspeita, fingi que estava desmemoriada e comecei a vigiar a Zoraide. Você não imagina, Joana, as barbaridades que descobri!

Fazer o papel de detetive gagá... só mesmo a dona Nina! Agora entendo por que ela não falou comigo ontem à tarde, quando entrei no quarto com a Zoraide. Eu ia dizer que aquela aventura podia ser perigosa, mas engoli o conselho ao ouvir passos de trovão no corredor.

E se fosse a supervisora? Eu tinha penetrado no asilo clandestinamente e precisava de um bom esconderijo. Escorreguei, então, pra baixo da cama e topei com o bloco de papel onde vó Nina escrevia a tal carta.

> Joana,
> estou sentindo muita falta de vocês, mas teremos tempo de sobra para matar a saudade... O mais urgente, neste momento, é denunciar a exploração sofrida pelos internos da clínica — que, de clínica, só tem o nome. A supervisora transformou este lugar, minha querida, em um verdadeiro inferno. Ao ouvir as queixas da Adalgisa, achei que estava diante de uma daquelas velhas rabugentas e paranoicas que gostam de posar de vítimas e se sentem perseguidas pela própria sombra. Não demorei a perceber, contudo, que a ameaça é real: Zoraide controla o asilo com mão de ferro e comete toda sorte de safadezas... até roubar as doações! Dizem que leva tudo para um depósito e fatura um dinheirão com a venda dos mantimentos. Dá para acreditar? A gente precisa fazer alguma coisa para botar essa mulher

A carta terminava de repente, mas não era difícil adivinhar onde vó Nina sonhava botar a supervisora. Ao tirar os olhos do papel, percebi que o barulho dos passos tinha sumido e vi um pedaço de calça *jeans* que terminava em botas cobertas de lama. O dono das pernas perguntou:

— Posso saber com quem a senhora estava conversando?

Identifiquei a voz do Uéslei, o grandalhão que dirigia a caminhonete da clínica. A resposta da vó Nina foi um ronco comprido; suponho que ela estava na cama, de olhos fechados pra fingir que dormia. O motorista deve ter acreditado que aquela interna falava sonhando, pois logo deu meia-volta e dirigiu-se à porta.

Poderosa 2

A cena tinha tudo pra terminar bem, não fosse o acúmulo de poeira no chão. Aliviada de ver o Uéslei se afastando, respirei fundo e senti as narinas invadidas por uma manada de ácaros selvagens. Tapar o nariz foi inútil. Imediatamente, comecei a espirrar e atraí a atenção do motorista. Ele disse "arrá, eu sabia" e veio andando em câmera lenta.

A minha tábua de salvação era o bloco de papel. Pra alcançar a caneta caída no meio do assoalho, estiquei o braço pra fora da cama e quase levei um pisão de bota.

O susto me deixou trêmula, por pouco não me deu um branco. O que eu poderia escrever? Talvez algo do tipo: *Zoraide chama Uéslei com um berro*. Ou então: *Um interno entra no quarto pra avisar que a caminhonete foi roubada*. Melhor ainda: *Uéslei está com dor de barriga e sai correndo para o banheiro*. Havia muitas maneiras criativas de tirar o troglodita da minha frente, mas preferi me disfarçar de moradora do asilo e ser a cobaia da frase:

Estou com a idade da minha avó.

No habitat natural dos amantes

Senti um calafrio de arrependimento ao riscar o acento agudo em *avó*. Quem me garante, afinal de contas, que chegarei sã e salva aos 70? Se nessa idade eu já estivesse morta, a minha frase teria um efeito fatal e me reduziria... a um cadáver! Fico pensando na cara do Uéslei ao deparar com um esqueleto embaixo da cama! Como os autores póstumos não sabem escrever, eu não poderia usar a literatura pra voltar à vida e passaria o resto da eternidade... basta!

Pra afastar os pensamentos fúnebres, fechei os olhos, respirei fundo e tentei visualizar paisagens bucólicas que me ajudassem a restabelecer a autoconfiança. Essas técnicas de relaxamento me deixaram um pouco mais leve, mas confesso que fiquei assustada ao sentir o corpo puxado pra cima. Ou o espírito? Sempre imaginei que levaria horas pra desembarcar no além, mas de repente parei de subir e fui colocada no chão.

Finalmente, me animei a abrir os olhos e descobri que não estava na porta do Paraíso! No lugar de São Pedro, encontrei Uéslei e corri

PODEROSA 2

para os braços da vó Nina. Ficamos as duas encolhidas na cabeceira da cama, sob a mira dos olhos vermelhos de um funcionário boquiaberto e fedendo a bebida.

Ele apontou para a minha avó:

– Eu não sabia que a senhora tinha uma irmã gêmea!

Ela, é claro, não disse nada – e muito menos eu! Irritado com o nosso silêncio, ele grunhiu um palavrão e saiu do quarto cambaleando.

Não dá pra confiar em papo de bêbado, mas mesmo assim abri a gaveta do criado e tirei lá de dentro um espelho. Fui obrigada, então, a concordar com Uéslei: minha imagem e minha avó dividiam o olhar sereno, o cabelo ralo, quase transparente, a confusão de rugas ao lado da boca e dos olhos. Passei o dedo no queixo e notei que a espinha intrusa tinha simplesmente sumido. Minha pele, em compensação, ganhara a textura de papel reciclado.

Se eu pudesse mergulhar em uma banheira transbordando de creme hidratante... Mas o asilo não tinha nem sabonete. E aquele não era o melhor momento de cuidar da pele – o que eu precisava era *salvar* a pele, isso sim!

Uéslei deveria estar no gabinete fofocando com a supervisora, que não tardaria a entrar no quarto pra conferir a novidade. O que ela diria ao encontrar duas velhinhas tão parecidas, uma vestida com camisola e outra com uniforme de colégio?

O único esconderijo disponível era o guarda-roupa, *habitat* natural dos amantes pegos em flagrante. Antes de trancar a porta, vó Nina me fez uma recomendação:

– Dê um jeito de controlar essa alergia, hein! Se tiver vontade de espirrar, enfie o nariz na roupa.

Agachada entre lençóis e cobertores, procurei não pensar nos ratos, baratas e cupins que, com certeza, me faziam companhia. Bendito o escuro que me livrava de enxergar essa fauna – e, de quebra, aguçava a minha audição! Não demorei a ouvir a voz da Zoraide.

— E então, Uéslei? – ela berrou, mal-humorada, sinal de que tinha sido derrotada pelo computador. – Só estou vendo uma velha dormindo.

— A outra – ele miou – estava aqui ainda agorinha. Será que ela fugiu pela janela?

— Quem vai cair da janela é você, rapaz, se continuar bebendo em serviço!

— Mas eu juro! Ela se meteu embaixo da cama e depois...

— Vamos ao que interessa. Na hora do almoço, quero que você passe no meu gabinete. É preciso levar o resto das doações da escola.

A ordem não foi discutida. Pelo tamanho do silêncio, imaginei que a dupla tinha se retirado e fiquei esperando que minha avó me libertasse. Ela abriu a porta do guarda-roupa e me estendeu o bloco e a caneta:

— Chega de encrenca! Escreva aí qualquer coisa pra voltar à adolescência.

— Ainda não, vó. Só assim, na terceira idade, eu posso circular livremente pelo asilo fora do horário de visita.

— Na terceira idade – advertiu –, ninguém usa uniforme de colégio.

Vó Nina tirou do guarda-roupa um vestido que pertencia a Adalgisa. O modelito lembrava um saco de batatas cortado nas extremidades. Eu estava tão apressada que enfiei a cabeça na cava da manga e, por um instante, pensei que fosse sufocar.

Suei pra sair daquele labirinto. Ao botar a cabeça pra fora do vestido, olhei para a porta do quarto e dei de cara com Adalgisa:

— Você me desculpe – me apressei em dizer – por ter pegado o seu vestido...

Ela não reparou na minha roupa nem viu minha vó entrar no armário. Abriu a blusa onde escondia o gato de pelúcia:

PODEROSA 2

– Veja só o que eu achei atrás da lixeira do quintal. Aliás, quem achou foi a sua neta. Ela ainda não passou por aqui?

Minha neta? Adalgisa, pelo visto, tinha me confundido com vó Nina. Eu estava perto do guarda-roupa e ouvi uma risada lá dentro.

– Não tenho pontaria – disse Adalgisa – pra enfiar a linha na agulha. Será que a senhora põe no lugar o rabo do meu gato?

Costurar não é a minha praia, mas gosto de trabalhos manuais e aprendi com a vó Nina a pregar botão, fazer bainha e executar pequenos reparos. Tudo isso é muito fácil, quase automático, quando se tem a visão de adolescente. Eu tinha me esquecido, no entanto, de que a partir dos 40 a maioria das pessoas sofre uma diminuição da capacidade de enxergar de perto por causa da presbiopia, mais conhecida como vista cansada.

A minha, aos 70, parecia exausta! Sentada à beira da cama da vó Nina, botei o gato no colo e constatei que o bichano estava meio embaçado. E não apenas ele: agulha e linha se misturavam em um único e indecifrável borrão.

Nesse instante, compreendi o que Adalgisa quis dizer com a expressão "olhos de gelatina". Mas ela ainda enxergava melhor que eu:

– A linha caiu na colcha, dona Nina. A senhora está segurando o rabo do gato, e isso nunca vai entrar no buraco da agulha.

O riso contido de Adalgisa me fez perder a esportiva:

– Em vez de ficar aí parada, me azucrinando, por que você não dá um tempo?

Ela saiu depressinha do meu lado, deitou-se na cama e enfiou-se sob as cobertas.

Por que se diz que as agulhas têm buraco? O que eu via na minha frente era um orifício microscópico! Pra dizer a verdade, eu não via nada, mas tateei até localizar a linha e tentei em vão enfiá-la na agulha.

Já estava prestes a atirar o gato pela janela quando ouvi uma voz conhecida:

– Acho que você precisa de óculos. Se quiser, posso emprestar os meus.

Ao erguer os olhos, dei de cara com Henrique. Ele falou com a mão no meu queixo:

– Bem que a Joana me disse! Eu jurava que a sua neta estava debochando de mim!

Mais um que não sabia distinguir avó e neta. Eu tinha de desfazer o mal-entendido:

– Espere aí. Eu não sou quem você está pensando.

– Pra mim, Nina, você é a mesma. É como se eu tivesse 20 anos e estivesse tocando violão debaixo da sua janela.

– Não é isso – insisti. – O que estou querendo dizer...

Ele não me escutou:

– Aquela serenata me tirou o sono. Passei a noite tentando me convencer de que estava agindo como um idiota, que não existe amor à primeira vista, que o Plínio tinha me chamado para tocar violão, não para ficar olhando para a namorada dele. Mas essa lógica não funcionou. Você e o Plínio ainda não estavam namorando, não oficialmente, portanto eu tinha todo o direito, ou melhor, tinha o dever de me comportar como um idiota romântico.

De que jeito contar àquele homem que ele estava se declarando para a mulher errada? Era impossível interromper Henrique:

– No dia seguinte, fui à floricultura e escolhi, uma por uma, as rosas mais vermelhas. A balconista me perguntou: "É para entregar?" Eu disse: "Pode deixar, que eu mesmo levo". Mas, quando o buquê ficou pronto, a coragem tinha evaporado. E se você não gostasse de rosas? Ou me mandasse sumir da sua vida? Ou nem quisesse me receber? Pedi à moça que fizesse a entrega e, por timidez, nem assinei o cartão.

Adalgisa continuava deitada, mas de repente virou-se para a parede. Tão estranho aquele sono súbito em plena hora do almoço! Henrique balançou a cabeça:

PODEROSA 2

— Essa timidez acabou me levando a abandonar o país. Viver de música no Brasil nunca foi fácil, ainda mais durante o período da ditadura militar. O exílio era a única saída para muitos artistas e intelectuais, mas eu confesso que não fugi apenas por causa da política. O que me fez ir embora, Nina, foi a notícia de que você e Plínio estavam namorando. Como se dizia no nosso tempo, namorando firme!

Parece que a conversa estava incomodando Adalgisa. Ela tapou a cabeça com as cobertas, mas nem por isso Henrique se calou:

— O resto você já sabe. Contei tudo nas cartas que lhe mandei quando soube da morte do Plínio.

O rangido de uma porta quebrou o silêncio – a porta do guarda-roupa. Minha avó saiu lá de dentro perguntando:

— Carta? Que carta? Do que é que vocês estão falando?

A primeira reação de Henrique foi tirar os óculos – como se a imagem estivesse duplicada por um defeito de fabricação das lentes. Tinha um olho na minha avó e outro em mim. Na dúvida, dirigiu-se às duas:

— Qual de vocês é a Nina?

Minha avó levantou o braço. Henrique apontou pra mim:

— E essa aí?

— Uma parente – ela disse. – E o senhor?

Ele riu de nervoso.

— Meu nome é Henrique, você não se lembra? Nas cartas...

— Lamento – cortou vó Nina. – Mas não recebi nenhuma carta.

Não sei qual dos dois estava mais confuso. Henrique tirou um envelope do bolso:

— Como não? Olhe aqui a sua resposta.

Vó Nina tirou o papel do envelope e se aproximou da janela. Se isto fosse um filme, e não um diário, a câmera mostraria os olhos úmidos da minha avó percorrendo as letras pra lá e pra cá, ao som do *Choro para Nina*. Mas a cena foi bem real e teve outra trilha sonora: o choro abafado que vinha de baixo do lençol da Adalgisa.

– Esta letra não é minha – declarou vó Nina, ao terminar a leitura. – Eu posso não ser escritora, como a minha neta, mas jamais cometeria tantos erros.

Tonto por causa da revelação, Henrique se apoiou na parede:

– Quer dizer que alguém mandou as cartas em seu nome?

– E ainda copiou a minha assinatura – informou vó Nina. – Uma falsificação grosseira! Meu nome não tem acento no *i*.

Nunca vi minha avó tão nervosa. Ela se aproximou da cama da Adalgisa e arrancou o lençol com um puxão.

– Então foi pra isso – sacudiu a carta – que eu a ensinei a escrever?

Adalgisa tentou escapar do quarto, mas vó Nina a deteve pelo braço:

– Onde você pensa que vai?

– Fazer xixi.

– Por que não me mostrou esta carta?

– É sério, hein! Eu vou fazer na calça.

Fiquei com dó de ver a outra se contorcendo com as mãos entre as pernas:

– É melhor deixar a Adalgisa ir ao banheiro.

Vó Nina não se comoveu:

– Só depois que ela me responder.

Adalgisa não tinha saída e acabou se entregando:

– Quando fui morar na sua casa, dona Nina, eu não sabia ler nem escrever. Mas a senhora teve paciência e me ensinou a juntar as letras. De manhã cedo, eu buscava a correspondência na portaria do prédio e entrava na sala lendo em voz alta os envelopes. pra mostrar que eu tinha aprendido, entende?

Parou um instante pra tomar fôlego e enxugou os olhos no lençol.

– Até que um dia chegou um envelope... enviado por um tal de Henrique. Cá entre nós, sempre fui cismada com o *H*. Por que a gente tem de desenhar uma letra que, sozinha, não tem som de nada?

PODEROSA 2

Outra coisa: o envelope era gordo e pesado, todo colorido de selos e carimbado com umas palavras que eu não conseguia ler. Fiquei um tempão na dúvida, sem saber se entregava ou se abria, e resolvi dar uma olhadinha. A carta era de um músico que vivia em outro país e queria levar a senhora pra morar com ele.

Henrique levantou as mãos:

– Que história é essa, dona? O que eu disse foi justamente o contrário: se a Nina quisesse, eu largaria a carreira no exterior e voltaria voando para o Brasil.

Adalgisa não mudou de tom:

– Isso era o que estava no papel. Mas quem garante que, com aquela conversa mole, você não ia convencer a dona Nina a viajar? Uma mulher apaixonada é capaz de tudo!

A resposta de Henrique morreu na garganta. Vó Nina tomou a palavra:

– E se eu quisesse viajar? Você não tinha nada que se meter na minha vida!

A vontade de fazer xixi reduzia a voz de Adalgisa a um sopro:

– Tive medo de ficar sozinha. Foi por isso que escrevi pra ele fingindo que era a senhora e dizendo que não queria casar de novo. Logo depois, chegou outra carta, que eu respondi do mesmo jeito. Aí eu pensei: esse cara não vai desistir. Antes que a verdade aparecesse, juntei as minhas trouxas e sumi no mundo.

Não é à toa que chamam o destino de irônico: por medo de ser abandonada, Adalgisa abandonou o lar onde era tratada como filha. Ela falou com os dedos na boca:

– O que a senhora vai fazer comigo?

– Não sei – disse minha avó. – Acho que tenho o direito de estrangular você.

– Mas antes eu posso ir ao banheiro?

Depois que Adalgisa escapuliu do quarto, vó Nina virou-se para Henrique:

– Então foi você quem me mandou aquelas rosas?

Henrique confirmou com a cabeça. pra provar que não estava blefando, tirou do bolso uma caneta e escreveu a palavra *coração* no envelope. Vó Nina reconheceu o cê-cedilha pelo qual tinha se encantado e disse que nunca poderia imaginar...

O resto não deu pra ouvir. Achei melhor sair do quarto e deixar os dois enfim sós.

Ao botar os pés no corredor, descobri que Henrique não era o único a ignorar o horário de visita. Eu caminhava em direção ao refeitório, tentando me camuflar entre os internos, quando passei por um garoto com idade pra ser meu neto.

João apontou pra mim:

– Joana... Dalva?

Procurei andar mais depressa, mas ele parou na minha frente:

– Não adianta negar. Eu sei que é você.

– Eu tive de me disfarçar – expliquei – pra circular à vontade pela clínica.

– A gente precisa conversar.

Soltei um suspiro de resignação:

– O que é que você quer com uma velha? No seu lugar, eu iria atrás da Dany. Ela é loura, adolescente e tem corpo de manequim!

– Deixe de ser boba, Joana. Eu só ajudei a Danyelle porque ela estava desmaiando.

– E tinha de pegar a garota no colo?

João não perdeu o bom humor:

PODEROSA 2

– Quer saber? Você está falando como uma velha rabugenta!

Poderia ficar ofendida, mas achei que ele estava certo e soprei-lhe a franja pra selar a paz.

– Me dê um tempo, João, que eu já volto. Vou buscar uma caneta e escrever uma frase pra voltar a ser uma garota.

– Não precisa – ele disse. – Você é bonita de qualquer jeito.

– Que é isso, João? Eu já me olhei no espelho. Estou cheia de rugas, não enxergo direito, minha pele é uma lixa...

Ainda tinha de falar na flacidez do pescoço e na dificuldade de caminhar sozinha, mas deixei as reclamações de lado quando João me abraçou. O rosto dele se aproximou do meu e aos poucos foi perdendo o foco até ficar completamente embaçado. Fechei os olhos e, na minha idade, ganhei um beijo de cinema!

Boa parte dos internos já havia entrado no refeitório; o corredor estava quase vazio. Maldito quase! Abrindo os olhos, avistei Uéslei e tive de aguentar uma bronca:

– Era só o que faltava! A dona Zoraide vai gostar de saber que eu vi essa velha beijando um moleque...

Enquanto o dedo-duro do Uéslei seguia até o gabinete, João e eu corremos para o refeitório e descobrimos uma janela que dava para o jardim. Tudo o que tínhamos a fazer era pular na grama, mas quando olhei lá pra baixo vi o mundo girando no redemoinho da vertigem. Não que a janela fosse muito alta: um metro e meio, talvez nem isso! Mas não podia mais contar com o meu corpo de adolescente. Eu me sentia à beira de um precipício e não estava disposta a praticar *body-jumping*.

João procurou me tranquilizar:

– Vamos lá, Joana. Eu ajudo. A gente pula de mão dada.

– Quero escrever uma frase – choraminguei – pra ter 13 anos de novo.

O medo só foi embora – ao menos por um instante – quando ouvi os berros da supervisora. Subi no parapeito com a ajuda do João e saltei de olhos fechados.

Por sorte, caí em um canteiro de hortênsias e continuei deitada, na mesma posição, conferindo os ossos pra saber se não faltava algum pedaço. No gabinete, logo acima do jardim, Zoraide não perdia a oportunidade de humilhar o motorista:

– Quer dizer que um garoto invadiu o asilo e deu um beijo na boca de uma velha? Só mesmo você, Uéslei! Isso se chama *delirium tremens*, sabia? A bebida está derretendo o seu cérebro.

Uéslei começou a gaguejar, mas Zoraide mandou que ele calasse a boca.

– Depois do almoço, começa o horário de visita – ela disse. – É melhor você levar essas caixas antes que apareça algum bisbilhoteiro.

João e eu nos escondemos atrás de um arbusto e vimos Uéslei carregar a caminhonete estacionada do outro lado da rua. Dali a pouco, ele sentou-se ao volante e tentou dar a partida. O motor se comportava como um dragão, rugindo e soltando fumaça, mas na última hora apagava. Eu não podia desperdiçar aquela chance:

– A gente tem de entrar na caminhonete, João. É o único jeito de descobrir o endereço do depósito.

João não entendeu uma palavra: do que é que eu estava falando? Eu disse que não havia tempo pra explicações; queria apenas que confiasse em mim. Ele me chamou de "sua velha maluca", mas atravessou a rua de mão dada comigo. Protegidos pela fumaça que saía das ventas do dragão, pulamos na carroceria no instante em que o motor resolveu funcionar.

A lentidão do trânsito transformou Uéslei em um psicopata. Ele cortava os carros pelos dois lados, ignorava o sinal vermelho e invadia a contramão sem a menor cerimônia. Pegar carona nessas condições não é muito divertido – sobretudo se você não tem seguro de vida e está viajando clandestina na carroceria de uma caminhonete caindo

PODEROSA 2

aos pedaços, no meio de caixas de papelão que ficam dançando de um lado pra outro.

    Depois de rogar a Santa Joana d'Arc, minha querida quase xará, que me ajudasse a sair viva daquela lata-velha, contei a João como vó Nina voltara a viver e por que se mudara para a clínica. Ele ficou mais impressionado, no entanto, ao saber que as doações destinadas aos internos eram levadas para um depósito e em seguida comercializadas por uma quadrilha chefiada pela supervisora.

    – Onde é que a gente vai se esconder – perguntou João – na hora de descer da caminhonete?

    Sou obrigada a admitir que não tinha pensado nesse detalhe... e nem tive mais tempo de pensar!

    O carro reduziu a velocidade e parou diante de uma mansão de dois andares. Uéslei deve ter apertado o botão do controle remoto, pois o portão eletrônico da garagem começou a se abrir lentamente. Havia tempo de sobra pra escapar da carroceria – se eu não tivesse ficado tão nervosa e prendido o pé debaixo de uma caixa. De nada adiantou pedir a João que fugisse sem mim e procurasse ajuda; ele se negou a me largar na companhia de um bandido. Quando conseguiu libertar o meu pé, já estávamos dentro da garagem.

    Uéslei desceu da caminhonete, tirou do bolso um molho de chaves e desapareceu por uma escada. Percebi que ele tinha subido pra abrir uma porta e, mais que depressa, saltei da carroceria com a ajuda do João. Agachados atrás de uma trincheira de pneus, vimos o grandalhão retornar à garagem, botar as caixas no ombro e levá-las para o andar de cima.

    Achei que ele voltaria imediatamente para a clínica, deixando--nos à vontade pra espionar a mansão e perseguir as possíveis provas das falcatruas da Zoraide. Acontece que o cara não tornou a descer. João e eu esperamos uns bons quinze minutos antes de sair de trás dos pneus e, pisando em ovos imaginários, subimos os treze degraus da escada que dava acesso à entrada de serviço.

Muita gente torce o nariz para o 13, mas, pra mim, este é um número de sorte: como Uéslei tinha esquecido a porta aberta, penetramos na casa sem fazer barulho.

E que casa! A julgar pelo tamanho da lavanderia, eu aposto que Zoraide tem mania de limpeza. No quarto de empregada, em compensação, só caberia uma escrava bem magrinha, que se conformasse em dormir encolhida e com os pés pra fora de uma cama de boneca. O chão da cozinha estava brilhando, uma toalha de renda cobria a mesa e não havia louça suja na pia. Tudo perfeitamente organizado, exceto por uma tampinha de cerveja esquecida na bancada de granito. Aquela pegada não deixava dúvida: Uéslei tinha assaltado a geladeira.

João caminhava na minha frente, detendo-se diante de cada porta antes de avançar até o cômodo seguinte. Foi assim, pé ante pé, que chegamos à sala de estar e descobrimos a prova dos crimes da Zoraide. Ou pior, as provas.

A primeira coisa que me chamou a atenção foi a coleção de tapetes persas, um ao lado do outro, formando uma colcha de retalhos que cobria o chão e deve ter custado uma fortuna. O maior tesouro, porém, estava em cima dos tapetes: garrafas de *whisky*, computadores, *laptops, iPods, tablets, Smart TVs*, máquinas fotográficas digitais, microcâmeras, celulares, *video games*, DVDs, enfim, havia jogos e brinquedos pra todas as idades.

– Quanto contrabando! – João se espantou. – Só não entendo por que a supervisora também traz pra casa as doações do asilo...

O próprio João encontrou a resposta e deu um tapa na testa:

– Mas é claro! Ela precisa de uma boa desculpa pra justificar o entra e sai de caixas. As doações do asilo servem pra camuflar a muamba, que com certeza é transportada no fundo da carroceria da caminhonete. Os vizinhos não desconfiam de nada e ainda devem achar que a Zoraide é uma alma generosa, capaz de ceder gentilmente a casa pra guardar os mantimentos dos velhinhos.

Poderosa 2

O meu Sherlock Holmes merecia um beijo após essa demonstração de inteligência e perspicácia, mas o romantismo foi quebrado pelas gargalhadas do Uéslei. Ele estava do outro lado da sala, de frente para a tevê e de costas para a porta da cozinha. Tinha em uma das mãos um copo de cerveja e, na outra, o controle remoto.

O motivo do riso era um desses programas de pegadinhas que escolhem as vítimas no meio da rua e confundem humilhação com humor. Aproveitando a distração de Uéslei, sugeri chamar a polícia. João disse que a bateria não resistiu às tentativas de falar comigo e pediu meu celular emprestado. Eu não tinha ideia por onde andava meu celular. Na mochila? Ou, quem sabe, no uniforme que eu deixei no asilo? Apontei pra a mesinha onde ficava o telefone da casa da Zoraide. Eu mesma pretendia ligar, mas João passou na minha frente, fez zigue-zague entre as caixas e digitou os algarismos que poderiam ser a nossa salvação.

Poderiam! Enquanto esperava a ligação se completar, ele teve a infeliz ideia de enrolar o fio no dedo e acabou derrubando o telefone.

Uéslei saltou da poltrona e alcançou facilmente o garoto, amarrando-o com um pedaço de barbante de uma das caixas de papelão. Eu tinha recuado até a cozinha e, escondida atrás da geladeira, vi João ganhar um soco na boca quando gritou por socorro. Amordaçado com fita-crepe, foi levado aos empurrões até a sala e derrubado perto da tevê.

– Agora você fica aí – disse Uéslei, acomodando-se outra vez na poltrona – que eu quero terminar de ver o meu programa. Daqui a pouco, eu ligo para a patroa. Você não imagina como ela adora visita!

Eu não podia me dar ao luxo de continuar refugiada atrás da geladeira. Apesar da tremedeira nas pernas, fui até a mesinha do telefone e tirei o aparelho do chão. Ignorava o nome daquela rua, mas tinha uma noção de onde estava e poderia explicar à polícia como chegar à casa da Zoraide. O único problema é que eu não sabia o número. Se ao menos pudesse consultar um catálogo! Mas tudo o que havia na mesinha era um bloco de recados e uma caneta, portanto não seria possível...

Espere aí! Bloco e caneta? Do que mais eu precisava pra pedir ajuda?

Bastava juntar algumas palavras – *A polícia vai chegar agora e nos salvar desses bandidos* – pra escapar daquele pesadelo e botar a quadrilha da Zoraide atrás das grades.

Infelizmente, só tive tempo de escrever o sujeito da frase. Antes que eu chegasse ao predicado, a dona da casa abriu a porta da sala.

Cortar palavras

Como escapar de um gigante com pernas de poste? Meus tapas atingiam a barriga do Uéslei e foram recebidos como cócegas. Ele também me amarrou com barbante e me atirou ao lado do João. Não se lembrou, no entanto, de me amordaçar.

– Foram esses dois – disse à patroa – que eu peguei lá no asilo, aos beijos. A velha é irmã gêmea da outra.

– Não me interessa – a voz de Zoraide indicava TPM. – Quero saber é como eles vieram parar aqui.

– Sei não... Devem ter vindo na caminhonete.

– Por causa da sua incompetência! Quantas vezes eu já lhe disse pra não entrar na garagem sem conferir a carroceria?

Os hormônios da Zoraide fervilhavam. TPM, sem dúvida. E das bravas!

– Mas eu peguei o garoto – lembrou Uéslei.

— Grande coisa! – ela rosnou. – Se eu não tivesse chegado a tempo, a velha ia ligar para a polícia. Enquanto isso, você se divertia com aquele programa imbecil e se entupia de cerveja!

A tevê continuava ligada, mas Zoraide se apossou do controle remoto e ficou pulando de canal em canal até estacionar em um documentário sobre obesidade. As imagens de uma operação de redução de estômago não tiraram o apetite da supervisora. Ela ordenou ao motorista que ligasse para o restaurante *Itália em Fatias* e encomendasse uma *pizza* de um giga com as bordas recheadas de *catupiry*. Metade calabresa, metade chocolate.

Uéslei arriscou um protesto tímido:

— De novo, patroa? A senhora devia variar um pouco. Esse negócio de almoçar *pizza* todos os dias...

— É problema meu – ela completou. – Você não tem nada que dar palpite.

A mistura de fome com TPM fazia Zoraide caminhar de um lado pra outro, tropeçando nos produtos espalhados pelo chão e perguntando por que tanta demora na entrega da *pizza*. Por acaso eles estavam matando o porco pra fabricar a linguiça?

Quando chegou o *motoboy*, Uéslei já havia preparado a mesa segundo as instruções da Zoraide. Ela era obcecada por simetria e exigiu que o prato fosse colocado entre o garfo e a faca. Mas a neurose não parava por aí: o guardanapo tinha de ser dobrado em forma de triângulo retângulo, com a hipotenusa paralela à borda da mesa; pra completar o ritual, a lata de azeite, o tubo de *ketchup* e o vidro de mostarda foram dispostos por ordem de tamanho, do maior para o menor, em uma escadinha que terminava com um copo de refri no qual boiavam duas pedras de gelo.

O motorista virou garçom, serviu um fatia de *pizza* à madame e desejou-lhe bom apetite! Foi nesse instante que cochichei:

— E agora, João? Como é que a gente vai sair dessa?

PODEROSA 2

A mordaça impedia a resposta, óbvio. De mãos atadas, arranquei com os dentes a fita-crepe que cobria a boca do João.

– Valeu, Joana – ele me agradeceu com um selinho. – Você está bem?

– Ótima – menti. – Tirando o ronco do estômago...

– Também estou morrendo de fome. Você acha que sobra um pedaço de *pizza* para a gente?

Tentei disfarçar o pessimismo com um sorriso, mas apostava que Uéslei ficaria com toda a sobra. Zoraide virou-se para o empregado:

– Tinha mais alguém na carroceria?

– Claro que não – ele afirmou, sem muita certeza. – Era pra ter?

Zoraide tomou um gole de refri antes de se explicar:

– Logo depois que você saiu, um casal foi ao meu gabinete em busca de ajuda. Lembra aquela aluna que desmaiou no banheiro ontem de manhã? Pois ela fugiu da escola. Os pais não sabiam mais onde procurar e acharam que a maluca poderia estar escondida no meio dos internos. Tem cabimento? Eu disse que a nossa clínica não abriga adolescentes, mas a mãe me entregou uma foto da filha e me pediu pra avisar se ela aparecesse.

Meus pais, pelo visto, não chegaram a entrar na clínica. Isso significa que eles não se encontraram com a vó Nina.

– Que olho mais arregalado! – disse Uéslei, examinando a foto que Zoraide lhe entregou. – Cara de maluca de hospício!

Motivo não me faltava pra ceder ao desespero, mas o comentário de Uéslei me deu vontade de rir. A graça terminou, no entanto, quando Zoraide fez a pergunta que eu temia:

– Como é que a gente vai se livrar desses dois?

Tão logo a patroa levantou-se da mesa, Uéslei avançou em um pedaço de *pizza* e respondeu com a boca cheia:

– Isso é fácil. Eu conheço aí um mano que pode resolver essa parada.

— Mas que mano? Eu não quero confusão pra o meu lado!

— Serviço de primeira — Uéslei lambeu os dedos. — O cara é profissional.

— Olha lá, hein! Na semana passada, eu li no jornal que a polícia tinha achado um cemitério clandestino. Qualquer corpo, hoje em dia, pode ser identificado com um simples exame de DNA.

Uéslei abocanhou outra fatia de *pizza* e puxou a mussarela com os dentes. Falou como se estivesse mascando chiclete:

— Enterro dá muito trabalho. É muito mais fácil botar fogo no infeliz e depois usar as cinzas como adubo.

Será que o último pedido da vó Nina seria atendido com as minhas cinzas?

João procurou me acalmar:

— Isso é teatro, Joana. Eles só estão falando assim pra deixar a gente assustado.

Eu queria muito acreditar nessas palavras, mas a minha intuição é realista e via uma dupla de assassinos planejando a execução diante das próprias vítimas.

Zoraide tinha de voltar à clínica, mas antes de sair de casa fez mil e uma recomendações a Uéslei: que não tornasse a beber cerveja, não abrisse a porta pra ninguém, prestasse atenção no garoto e na velha e não deixasse que eles, quer dizer, que a gente ficasse sem comida.

Uéslei respondeu "sim, senhora" e levou Zoraide até o portão. Livre da patroa, abriu mais uma garrafa de cerveja e sentou-se à cabeceira da mesa como se fosse o dono da casa.

Eu não estava com cabeça pra assistir à tevê, mas não queria ficar pensando na hipótese de ser morta e queimada, ou, quem sabe, queimada viva, por isso tentei me distrair com o documentário sobre obesidade.

PODEROSA 2

Terminada a cirurgia de redução de estômago, a câmera saiu da barriga da paciente e deu um *close* na apresentadora, uma gordinha que leu com água na boca a lista de alimentos proibidos pra quem deseja seguir uma dieta saudável. Os médicos entrevistados falaram de alguns distúrbios alimentares, como anorexia e bulimia, e mostraram garotas que pareciam saídas de campos de concentração. A força das imagens varreu o resto do meu ciúme:

– Tomara que a Dany esteja vendo este documentário. É assim que ela vai ficar se continuar comendo vento.

O papo sobre dietas não foi bem digerido por João. Ele protestou com um berro:

– Eu estou com fooooooooome!

Uéslei saiu da mesa com um triângulo de *pizza* pendurado nos dedos:

– Ué, garoto! Cadê a sua mordaça?

– Tirei com a língua – respondeu João. – Eu estou com fome.

– Você já disse.

– Então? Me dá uma fatia.

– Sem chance... Esta aqui, ó, é a última. A mais gostosa de todas!

Eu não estava em posição de fazer ameaças, mas mesmo assim procurei intimidar Uéslei:

– A sua patroa mandou dividir a *pizza* com a gente. Se você comer tudo sozinho...

Ele não me deixou terminar:

– Escuta aqui, dona. A Zoraide não mandou dividir porcaria nenhuma. A ordem foi pra não deixar vocês sem comida.

Após engolir o último pedaço, Uéslei foi até a cozinha e trouxe biscoitos *cream cracker*. Largou a lata no chão, bem na minha frente.

– Ei, rapaz – eu disse. – Você não está se esquecendo de nada?

– É verdade – ele voltou à geladeira e abriu outra cerveja.

João soprou a franja e recomeçou a gritar:

– Ela está falando do biscoito. Não dá pra comer com as mãos amarradas nas costas!

– Problema seu, moleque. E acho bom você baixar a crista, senão eu tapo a sua boca com o meu cinto. Quero ver se tem força na língua pra se livrar de uma mordaça de couro...

Uéslei se jogou na poltrona e batucou no controle remoto da tevê até encontrar o canal que buscava: duas mulheres seminuas, uma loura e outra morena, trocavam unhadas e puxões de cabelos em um ringue cheio de espuma.

Como é que alguém pode se divertir com um programa desse nível?

Pedi a João que se controlasse e fiquei de olho na tevê. Assim que soou o gongo, as lutadoras sentaram-se em cantos opostos do ringue pra ouvir as instruções dos respectivos treinadores. Foi durante esse intervalo que implorei:

– Por favor, Uéslei, me solta um pouquinho. Eu só quero pegar uns biscoitos...

Ele me olhou com desconfiança, mas felizmente chegou à conclusão de que eu era uma velhinha inofensiva. Arrancou o barbante das minhas mãos e voltou a pregar os olhos na tevê.

Enquanto Uéslei torcia para a loura esmurrando os braços da poltrona, eu me alimentava e ao mesmo tempo dava comida na boca de João. Não é nada fácil tratar de um adolescente faminto; se eu não ficasse esperta, ele era bem capaz de me morder os dedos. O garoto comia com tanta pressa que quase ficou entalado. Pedi licença pra buscar um copo d'água na cozinha, mas o grandalhão não queria me perder de vista:

– Na mesa da sala, tem um pouco de refri. Dá pra você e pra o seu amiguinho.

– Biscoito seco me provoca azia – reclamei. – Será que eu posso passar *ketchup*?

PODEROSA 2

Uéslei deve ter achado que o meu estômago estava gagá, mas limitou-se a uma careta de nojo e voltou a se concentrar na luta. João bebeu um pouco de refri e comentou que biscoito e *ketchup* não nasceram um para o outro.

– E quem disse – sussurrei – que *ketchup* só serve pra comer?

Sacudi o tubo, abri a tampa e comecei a escrever no tapete. Dessa vez, pra ganhar tempo, resolvi seguir o conselho de Drummond: escrever é cortar palavras. Pra que perder tempo com uma frase comprida como *A polícia vai chegar agora e nos salvar desses bandidos*, se posso dizer o mesmo com *A polícia vai nos salvar*?

O ketchup estava no fim. Por mais que eu espremesse o tubo, a tinta terminou logo depois do verbo. O resultado – *A polícia vai* – não significava nada. Vai fazer o quê? Em que lugar? Pensei em buscar o vidro de mostarda, mas nesse instante a luta terminou – com a vitória, por nocaute, da morena.

Uéslei levantou-se da poltrona xingando e ficou ainda mais furioso ao ver o tapete manchado:

– Mas o que é isso, dona? Olha só que meleca!
– É que eu não estou enxergando bem...
– A senhora tem ideia de quanto custa um tapete persa?
– Não se preocupe. Eu sou especialista em tirar manchas. Só preciso de um pouco de detergente.

Minha intenção era ir até a cozinha e vasculhar a despensa, à procura de algum produto de limpeza que me permitisse completar a frase. Mas Uéslei me mandou ficar quieta e tornou a me amarrar as mãos. Passou um bom tempo esfregando o tapete; sem conseguir remover a mancha, decidiu tapá-la arrastando a poltrona.

Foi uma tortura passar a tarde com o nariz espremido contra o tapete (persa ou não, que me importa?) e as mãos amarradas às costas.

Mas nada pior que a tortura mental. Depois de ver uma dupla de anãs lutando contra uma ex-jogadora de basquete, Uéslei desligou a tevê e tirou o celular do bolso. Não disse alô nem se identificou: apenas avisou a um tal de Baby que tinha "uma encomenda urgente, uma velha e um garoto, os dois magrinhos, pouco trabalho e pouca cinza".

 João me olhou em pânico: não dava pra continuar apostando que aquilo era só teatro. Uéslei falava manso, mas de repente mudou de tom: "Você pirou? Onde é que eu vou arranjar essa grana?" Estava tratando, sem dúvida, do preço da nossa execução. Parecia ofendido e ameaçou desligar, mas logo, logo se animou de novo. Teria ganho um desconto? Admitiu, por fim, que o plano era perfeito e prometeu conversar com a patroa.

 Zoraide chegou à tardinha e contou que recebera um telefonema da mãe do João: Salete também estava à procura do filho e queria saber se, por acaso, ele não tinha aparecido na clínica.

 – Coitada! – Uéslei prendeu o riso. – Essa pobre mãe desesperada precisa receber notícias do filhinho.

 – Você bebeu de novo – disse Zoraide. – Eu vou botar um cadeado na geladeira!

 Uéslei falou pausadamente pra mostrar que estava sóbrio:

 – Já dei um toque pro Baby, o mano que vai fazer o serviço. Só falta acertar uns detalhes...

 – O preço – adivinhou Zoraide. – Quanto é que ele quer?

 Não tive como saber o valor, sussurrado no ouvido da Zoraide.

 – Que roubo! – ela fez um gesto largo em direção à sala. – Nem se eu vendesse essa tralha à vista!

 – É por isso que eu disse, patroa: a mãe do garoto precisa ser avisada. Ela deve estar tão aflita que vai pagar qualquer resgate. Uma parte é nossa, quer dizer, sua. E a outra fica com o Baby.

 Então, era esse o plano: o assassino das vítimas seria pago com o dinheiro do resgate!

 O elogio da Zoraide teve sabor de deboche:

PODEROSA 2

— É, Uéslei. Você não é tão estúpido quanto parece...
— Bondade da senhora — ele agradeceu, sem coragem de informar que a ideia era do Baby.

— Só tem um problema: quem é que vai negociar o resgate? A mãe do garoto conhece a minha voz. E você, bem, você trabalha comigo e poderia me envolver.

A solução estava na ponta da língua:

— O preço do Baby pode ser salgado, mas é ele quem faz todo o serviço: negocia o resgate, apanha o dinheiro, apaga a vítima, prepara o churrasco e espalha as cinzas. O *kit* é completo!

Zoraide pensou um pouco antes de tomar a decisão:

— Tudo bem, pode chamar o Baby. Mas primeiro ligue para a *Itália em Fatias*.

— Ah, não! — choramingou Uéslei. — Eu não aguento mais comer *pizza*.

— Depressa, que eu estou com fome. Metade calabresa, metade chocolate. E com as bordas de *catupiry*.

⊕

O *motoboy* tinha acabado de fazer a entrega quando Baby chegou à casa da Zoraide. Cheiro de *pizza* de chocolate vira a cabeça de qualquer mortal, mas o homem alegou que à noite faria outro serviço e não gostava de atirar com a barriga cheia.

Homem? Apesar da voz grossa e das olheiras, Baby tinha a aparência de um garoto que ainda não entrou na adolescência: o rosto livre de espinhas, nenhuma sombra de penugem no queixo e muito menos debaixo do nariz. A roupa acentuava o ar infantil: bermuda no meio da canela, camiseta engolindo os cotovelos, boné com aba virada pra trás e tênis de grife sem cadarços nem meias.

Baby não tinha idade nem pra ser trombadinha, quanto mais sequestrador! Mas confesso que fiquei em pânico quando ele me encarou. Como explicar o que havia nos olhos do homem, digo, do menino que iria me matar? Não vi ódio, nem tristeza, nem ganância, nem medo. Em resumo, nada! Nem mesmo indiferença. Era como se os olhos fossem de vidro!

Em vez de falar diretamente com João, Baby usou Uéslei como intérprete:

– Qual o nome do garoto?

Uéslei repetiu a pergunta, mas João recusou-se a responder. Baby tirou do bolso da bermuda uma espécie de faca mecânica; ao pressionar um botão, a lâmina brotou de dentro do cabo. O silêncio, àquela altura, seria suicídio.

– Júnior – eu disse. – Ele é conhecido como Júnior.

Baby virou-se outra vez pra Uéslei:

– E o nome do pai?

Quem respondeu foi Zoraide:

– Acho que ele não tem pai.

– Tenho sim! – João protestou. – Só que ele não mora com a minha mãe.

– Ela se chama Salete – continuou Zoraide – e é dona do melhor salão de beleza da cidade. Deve ter dinheiro de sobra pra pagar o resgate.

Os olhos de vidro se voltaram pra mim:

– E a velha? É avó do garoto?

Uéslei não resistiu à fofoca:

– Acho que são namorados... Vi os dois dando um beijo na boca, você acredita?

Baby não fez comentários. Apenas mais uma pergunta:

– Qual o telefone do salão?

A informação estava disponível nas páginas amarelas do catálogo telefônico, por isso João recitou o número pra acabar de uma vez com aquele tormento. Zoraide mostrou a mesinha onde ficava o telefone, mas Baby preferiu usar o próprio celular. Mandou, por fim, que eu fosse amordaçada.

– E o Júnior? – perguntou Uéslei, enquanto tapava a minha boca com fita-crepe.

– Só a velha – disse Baby.

Pressionando o botão da faca, ele fez a lâmina sumir dentro do cabo. Agachou-se ao lado de João.

– Vou deixar você falar com a sua mãe, moleque. Mas presta atenção. Você vai dizer: "Mamãe, me socorre." Nem mais uma palavra. Se tentar alguma graça, eu aperto o botão da faca e faço um *piercing* no pescoço da sua namoradinha, entendeu bem?

João sacudiu a cabeça. Baby ordenou:

– Então, repete! Vamos ver se você aprendeu.

– Mãe – soprou João.

– Mamãe! – Baby corrigiu. – Eu quero ouvir "mamãe".

– Mamãe, me socorre.

– Mais emoção, garoto. É a última vez que você vai falar com alguém da família!

Depois de obrigar João a repassar o texto várias vezes, Baby encostou o cabo da faca no meu pescoço e telefonou para o salão:

– Salete? Um momentinho, só. Tem uma pessoa que quer falar com você.

Botou o celular na orelha do João, que ficou engasgado e começou a chorar. Assim que o garoto pediu socorro, Baby mandou Uéslei amordaçá-lo e deu início à negociação:

– Quer ver o seu filho de volta? Então, Salete, vai ter de pagar. E eu só espero até amanhã. Se o dinheiro não aparecer, o Júnior e a namoradinha dele vão ser felizes pra sempre no inferno.

Seguiu até a cozinha pra poder conversar à vontade – ou pra aumentar o valor do resgate e lucrar mais do que tinha combinado com Zoraide? Dali a pouco, voltou à sala e anunciou que a Salete tinha mordido a isca.

— Por enquanto, eles ficam aqui — apontou na nossa direção. — Tenho umas contas pra acertar agora à noite, mas venho buscar os dois ainda hoje.

A caminho da porta, tropeçou em uma caixa e tirou lá de dentro um iPod. Foi a primeira e única vez que vi algum brilho nos olhos de Baby. Ele botou os fones no ouvido e ganhou o brinquedo de presente.

Zoraide afirmou que tinha horror de *pizza* fria, mas mesmo assim sentou-se à cabeceira da mesa e comeu quase sem mastigar. Percebendo a ansiedade da patroa, Uéslei foi até o quarto e voltou com um comprimido na palma da mão.

— Não quero calmante — ela disse, atirando o comprimido pela janela. — Só consigo relaxar com *pizza*.

Uéslei deu-lhe outra fatia e um conselho:

— Não precisa ficar nervosa. O Baby cuida de tudo.

— Eu tenho as minhas dúvidas. Como é que alguém, com aquela cara...

— De bebê — reconheceu Uéslei. — Mas ele atira como gente grande.

— Quantos anos? Dez? Doze? Quinze?

— Isso ninguém sabe. Acho que tem mais.

— Mesmo assim, ainda é um menino. Será capaz de organizar um sequestro sozinho?

— Se a senhora visse a quantidade de marmanjos que obedecem às ordens do Baby... Ninguém mexe com ele na comunidade. Eu sei porque moro lá perto.

A mordaça não me deixava conversar com João, mas tentei dizer-lhe com os olhos que estávamos lidando com marginais da pior espécie e precisávamos fazer alguma coisa pra escapar do bando do

PODEROSA 2

Baby. Quem garantia que seríamos levados para um cativeiro mais confortável?

Quando comecei a gemer, Uéslei me arrancou a fita-crepe da boca com um puxão impiedoso. Era como se estivesse me depilando sem cera.

– Quero fazer xixi – anunciei, com os lábios em brasa.

João gemeu ainda mais alto e descobriu o quanto dói uma depilação.

– Também estou apertado – ele disse, tão logo se livrou da mordaça.

O pedido foi atendido em parte: Zoraide não nos livrou do barbante. João alegou que seria impossível fazer xixi com as mãos presas às costas, mas Uéslei mandou que ele parasse de reclamar e empurrou-o até o lavabo. A porta, porém, permaneceu aberta; por determinação da patroa, o grandalhão montou guarda do lado de fora.

Pra mim, foi bem mais difícil ficar de pé e caminhar. Passar a tarde deitada no chão entorta os ossos de qualquer um, principalmente se o esqueleto já completou 70 anos: as juntas estavam dormentes, a câimbra empedrava os pés e as pernas não me obedeciam. Não encontrei outra saída senão me apoiar no braço de Uéslei.

O atrevido insistia em me vigiar até mesmo dentro do lavabo, mas eu me enchi de pudor e declarei que não queria plateia. Zoraide permitiu que eu fechasse a porta, desde que não passasse a tranca. A solução não me agradou:

– E se ele cismar de me ver sem roupa?

– Era só o que me faltava! – disse Uéslei. – Se ainda fosse uma garota...

– Fique sabendo, rapaz, que eu tenho 13 anos.

Indiferente às gargalhadas, entrei no lavabo e fechei a porta. Não achei tão complicado baixar a calcinha e urinar com as mãos presas às costas. Ainda sentada no vaso, curvei o tronco até tocar o chão e passei os braços por baixo das pernas. O exercício foi cansativo, mas me deixou animada: com as mãos na frente do corpo, eu poderia agir com mais autonomia. Não estava ali, afinal de contas, somente pra aliviar a bexiga.

Abri o armário da pia e vasculhei as gavetas, uma por uma, na esperança de topar com um lápis de sobrancelhas, um toco de batom, um vidro de esmalte, enfim, qualquer coisa pra escrever no espelho. Mas não havia um só cosmético. O estoque de remédios, em compensação, daria pra abastecer um hospital: uma gaveta pra xaropes, outra pra pílulas e pastilhas, outra pra cremes e pomadas e assim por diante. Peguei um *spray* pra garganta e fiz um teste na pia: o líquido era roxo e gosmento, ideal para uma boa pichação.

É pena que não tive tempo de desenhar nenhuma letra. Uéslei perguntou qual a razão de tanta demora e, sem esperar pela resposta, abriu a porta e foi entrando.

Irritada com a invasão, ergui a lata de *spray* e disparei um jato que acertou em cheio os olhos do gigante. Aquela gosma fedorenta devia arder um bocado, porque ele teve de tatear os azulejos pra alcançar a pia.

– Estou cego! – gritou, enfiando o rosto embaixo da torneira. – E tudo por causa dessa velha!

Esta velha tentou fugir pelo labirinto de caixas espalhadas pela sala, mas parece ter se esquecido de que não estava mais na adolescência. Uéslei não demorou a se livrar da cegueira. Saiu correndo atrás de mim e me agarrou pelos cabelos, jogando-me por cima do ombro como se transportasse uma caixa de muamba.

Não quero nem pensar no que tinha em mente quando disse que eu iria me arrepender. A ameaça despertou o heroísmo de João, que driblou a vigilância de Zoraide e pulou nas costas do bandido. A intenção era boa; o resultado, nem tanto. Rolamos os três pelo chão, um por cima do outro, em uma sucessão de cambalhotas que criou um nó de braços e pernas e terminou com uma pancada na parede.

PODEROSA 2

A tentativa de fuga foi duramente reprimida: além de nos deixar sem jantar, Zoraide ordenou a Uéslei que nos levasse para o quarto de empregada.

O cubículo, visto por dentro, lembrava uma solitária – e não apenas por causa do tamanho. O teto baixo, a lâmpada fraca e as manchas de mofo na parede criavam um ambiente sinistro e aumentavam a sensação de claustrofobia. A falta de ar, porém, não era um sintoma psicológico: a janela não passava de um minúsculo basculante, que dava para os fundos da cozinha e não recebia um mísero raio de sol.

Queixo apoiado nesse basculante, ouvi o ruído de um celular e senti um aperto no peito. Uéslei atendeu cheio de intimidades: "Olá, mano! O que é que você manda?"

Achei que Baby já estava a caminho e tremi ao pensar que seríamos transferidos para um cativeiro lá no fim do mundo, provavelmente com os olhos vendados e uma arma na cabeça. Mas, como dizem por aí, não se deve sofrer por antecipação. Uéslei encerrou a ligação com um "até amanhã" e relatou à patroa a novidade: Baby tinha se metido em uma briga de gangues e só daria as caras na manhã seguinte.

Cama estreita e colchão duro não tiram o sono de ninguém. Mas como dormir com culpa? Eu carregava uma bigorna na consciência por ter envolvido João naquela história. Não podia simplesmente botar a cabeça no travesseiro e lutar contra a insônia contando carneirinhos.

– A gente está aqui – suspirei – por minha causa. Adianta pedir desculpa?

– Só se você também me desculpar.

– Que é isso, João? Fui eu que convenci você a entrar na carroceria da caminhonete.

— Só fomos pegos porque sou um completo desastrado. Se eu não tivesse me enrolado no fio do telefone, a essa hora a quadrilha estava presa.

— Mas eu não devia ter bancado a nervosinha, jogando *spray* no olho do Uéslei. Graças ao meu ataque de nervos, a gente vai passar a madrugada espremido nesta lata de sardinha.

— Caixa de fósforos — ele disse. — Lata de sardinha é uma metáfora grande demais pra este quarto.

Não era hora nem local pra fazer piada, mas não resisti ao humor proibido e dei risada até chegar às lágrimas. Eu mesma não sabia, no final das contas, se estava rindo ou chorando. Mas qual a diferença? Sentia-me mais relaxada e, por insistência de João, deitei-me na cama pra tentar dormir. Ele roeu o barbante que lhe prendia os punhos e em seguida me desamarrou. Deitou-se no chão a meu lado e ficou alisando meus cabelos brancos.

Futuro à vista

Fui perseguida a noite inteira pelo mesmo pesadelo: os juízes da Inquisição me puseram frente a frente com Joana d'Arc e anunciaram, em uma sentença de treze linhas, que tínhamos os nomes muito parecidos e por isso iríamos juntas para a fogueira. João não se assustou com o relato do meu sonho e afirmou que essas imagens não deveriam ser interpretadas literalmente; o que o inconsciente diz, muitas vezes, é o contrário do que parece dizer. O fogo, por exemplo, representa a morte, mas também pode ser símbolo da luz.

A campainha cortou o raciocínio do João. Eu não tinha ideia das horas, mas concluí, pelas palavras de Zoraide, que era muito cedo.

– Vai atender a porta, Uéslei. Deve ser o moleque que entrega o jornal.

– Mas por que – um longo bocejo interrompeu a pergunta – ele não joga por cima do muro?

— Porque eu detesto ler jornal amassado – resmungou a neurótica.

Uéslei abriu a porta da sala: não era o menino do jornal. Zoraide interrompeu o gargarejo e saiu do banheiro pra receber Baby. Ele foi logo perguntando por mim e por João:

— Não me digam que eles fugiram!

— Bem que tentaram – disse Zoraide.

— Foi o Juninho – Baby perguntou a Uéslei – quem deixou o seu olho roxo?

O volume das risadas indicava que Baby não viera sozinho. Uéslei se defendeu:

— Não é o que vocês estão pensando. Estou com o olho desse jeito porque me acertaram com *spray*.

— O garoto ou a velha? – Baby continuou provocando.

Antes que o grandalhão se enfezasse, Zoraide se meteu na conversa:

— Tranquei os dois no quarto de empregada. Pode trazer o casalzinho, Uéslei.

Fomos levados até a sala e empurrados no sofá. Zoraide notou as nossas mãos soltas:

— Com ordem de quem vocês tiraram os barbantes?

— Deixa pra lá – disse Baby. – Eles agora estão bem vigiados.

Deu um tapinha no ombro da dupla de guarda-costas. Ambos usavam óculos escuros e faziam coleção de músculos. O que João e eu poderíamos tentar diante daqueles ogros? Fiz um apelo desesperado:

— Pelo amor de Deus, deixem a gente ir embora. Eu estou com a memória fraca e, amanhã ou depois, não vou mais me lembrar da cara de vocês. E o garoto, bem, ele pode dizer à polícia que teve um surto de amnésia.

Baby me ouviu sem piscar os olhos de vidro. Quando comecei a soluçar, ele comentou que não podia ver mulher chorando e mandou Uéslei tapar a minha boca com fita-crepe. Virou-se pra Zoraide:

– Os rapazes vão guardar o carro na garagem e enfiar o garoto e a velha no porta-malas. Mas primeiro nós queremos comer alguma coisa. Sobrou um pedaço daquela *pizza*?

Uéslei fez uma careta:

– Eu, hein. *Pizza* de manhã cedo!

– O que é que tem? – Zoraide se enfezou. – O estômago não sabe se é dia ou noite.

Como não tinha sobrado nem uma pitada de orégano, ela mandou ligar para uma *pizzaria* 24 horas e pedir o de sempre: metade calabresa, metade chocolate, as bordas recheadas de *catupiry*. Uéslei praticamente implorou:

– A senhora podia, pelo menos, variar o sabor.

– Pra mim, está ótimo – Baby esfregou as mãos. – Eu nunca comi *pizza* de chocolate.

Enquanto não chegava a encomenda, Baby disse que a madrugada tinha sido uma guerra e contou como faria pra cercar a gangue rival no tiroteio da noite seguinte.

Pra mim, a noite não passava de uma hipótese. João e eu estaríamos vivos até lá?

A campainha tocou. Uéslei foi atender a porta, mas, pra decepção geral, não voltou com a *pizza*. Tinha nas mãos o jornal e atirou-o em cima do sofá.

João ficou arregalado e apertou o meu braço com força. Cheguei a pensar que ele estivesse passando mal, mas fui eu quem quase tive um troço quando botei os olhos na manchete:

INTERNA TENTA FUGIR DE ASILO POR CAUSA DE MAUS-TRATOS

Mesmo sem enxergar de perto, não precisei fazer esforço pra decifrar o início da matéria: *A supervisora do asilo municipal, Zoraide, está sendo acusada de maus-tratos, abuso de poder, desvio de recursos e formação de quadrilha.* O resto não deu pra ler: as lágrimas embaçaram as letras.

Lá estava, na primeira página do jornal de maior circulação da cidade, o texto que eu tinha escrito para o *Olho Vivo*. O nome da autora – *JOANA DALVA* – aparecia logo abaixo da manchete, em caixa alta e em itálico.

– Isso significa – João sussurrou – que a essa hora todo mundo já sabe a verdade.

O humor de Zoraide, que já não era lá grande coisa, ficou ainda mais azedo por causa da fome:

– O que é que você está cochichando, garoto? Também quer ganhar uma mordaça?

Frente a frente, na mesa da sala, Baby e Zoraide trocavam figurinhas sobre a estratégia do sequestro. Os ogros estavam ao lado do chefe e se limitavam a balançar a cabeça. Tratei de esconder o jornal, jogando-o atrás do sofá.

Dali a pouco, a campainha voltou a tocar. Uéslei não esperou a ordem da patroa pra abrir a porta e anunciou que ia até o portão buscar a *pizza*. Saiu da sala debaixo de aplausos, mas ficou tanto tempo lá fora que Baby perdeu a paciência e deu um murro na mesa.

– Deve ser falta de troco – disse Zoraide. – Eu vou até lá pra dispensar o *motoboy*.

Cruzou a sala com passos largos, pronta a torcer o pescoço do Uéslei, mas ao abrir a porta viu um camburão e compreendeu o sumiço do empregado. De nada adiantou se fazer de desentendida, pedindo explicações sobre o tumulto e perguntando se havia algum ladrão no bairro. Foi presa em flagrante pelos agentes da polícia, que invadiram a sala e mandaram que os ogros botassem as mãos na cabeça.

Mas quem disse que a ordem foi obedecida?

A dupla conseguiu escapulir da mesa e se escondeu atrás da meia-parede que dividia a sala em dois ambientes. A polícia avisou que a casa estava cercada e tentou negociar a rendição dos bandidos,

PODEROSA 2

mas eles começaram a atirar em todas as direções, arrancando lascas da parede e dos móveis, quebrando espelhos e vidraças e destruindo os produtos eletrônicos espalhados no chão – a maioria, com certeza, sem garantia. No meio da confusão, Baby se enfiou debaixo da mesa e mostrou talento de réptil deslizando até a cozinha.

João e eu não podíamos ficar ali, sob pena de engordar as estatísticas de morte por bala perdida. Mas como sair do sofá?

Arranquei a mordaça e corri até a mesinha do telefone. João, porém, não teve a mesma sorte. Atingido no peito, ele caiu de costas e tentou tapar o ferimento com as mãos. O sangue vazava entre os dedos, formando uma mancha na camisa e uma poça no tapete. Pensei em ligar para o pronto-socorro e mandar chamar uma ambulância, mas os médicos não poderiam resgatar um paciente no meio de um tiroteio.

A vida do João estava nas minhas mãos; mais exatamente, na mão esquerda. Foi com ela que peguei a caneta na mesinha e escrevi no bloco de recados:

> *Ninguém aqui vai morrer.*
> *João foi ferido de leve.*

O efeito das palavras foi imediato. João continuava deitado, mas levantou o polegar pra mostrar que estava bem e disse que a bala tinha passado de raspão. Achei que era o momento de cuidar de mim:

> *Até um dia, terceira idade!*
> *Quero ter 13 anos de novo.*

Ergui as mãos diante dos olhos e enxerguei nitidamente as linhas da palma. Que bom ver o meu destino com a vista descansada! Não havia um só espelho inteiro na sala, mas senti que estava de volta à adolescência pela textura da pele: tateando o rosto, acariciei uma espinha no queixo e pela primeira vez na vida não tive vontade de espremê-la.

Fiquei agachada debaixo da mesinha esperando o fim do tiroteio. Quando terminou a munição, os dois ogros se renderam. Alguns policiais desceram à garagem pra caçar Baby, outros ajudaram João a se levantar e me perguntaram se eu estava bem. Respondi que sim, tudo ótimo, mas no fundo sabia que o final feliz das histórias nunca era feliz pra todo mundo.

Não conseguia parar de pensar naquele garoto sem idade definida, nem brilho nos olhos, nem colegas de escola, nem cinema aos domingos, nem álbum de retratos, nem bolo de aniversário, nem bicicleta no Natal, nem *pizza* de chocolate. Como é que uma criança pode se tornar adulto assim, do dia para a noite, passando por cima da infância como se pulasse amarelinha? Enquanto eu transitava livremente entre a adolescência e a terceira idade, Baby tinha de se contentar com um presente que excluía lembranças e projetos. Talvez umas poucas palavras não pudessem preencher tanto tempo perdido, mas nem por isso deixei de fazer a minha parte:

> *Baby precisa de uma força, uma chance, um futuro. E um dia vai encontrar tudo isso.*

De olho comprido no papel, um policial veio me perguntar o que eu estava fazendo. Não precisei de muito tempo pra encontrar a resposta:

PODEROSA 2

— Acho que estou descobrindo o Brasil.

Guardei no bolso a folha do bloco e saí da casa de mão dada com João.

A polícia estava na casa da Zoraide pra investigar a denúncia de contrabando. Os agentes acreditavam que a supervisora poderia dar alguma informação sobre o sequestro dos dois estudantes, mas jamais imaginaram que os sequestradores tivessem a cara de pau de usar a mansão como cativeiro.

Esse tipo de notícia se espalha depressa; quando João e eu chegamos à calçada, havia uma pequena multidão à nossa espera.

Minha mãe e Salete foram as primeiras a passar por baixo do cordão de isolamento e vieram correndo nos abraçar, meu pai se pendurou no meu pescoço, meu irmão se enroscou nas minhas pernas. O mais engraçado é que esse abraço coletivo não ficou restrito à família: colegas e professores da escola, clientes do salão da Salete, moradores do meu prédio e curiosos em geral se espremiam pra cumprimentar os sobreviventes do sequestro.

Todo mundo, menos a minha avó... Será que ela ainda estava na clínica?

A chegada da imprensa abriu uma clareira no meio da confusão. O repórter virou-se para a câmera, botou um microfone na minha frente e me perguntou o que eu estava sentindo depois daquela terrível experiência:

— Fome – respondi, sem a menor intenção de fazer graça. – Ontem, a gente não comeu quase nada. Só uns biscoitinhos, e olhe lá.

Nesse momento, um *motoboy* estacionou ao lado do camburão e dirigiu-se ao policial que vigiava a casa:

— Foi o senhor que pediu uma *pizza*?

Meu pai pagou a encomenda e espiou dentro da embalagem. Quando ele anunciou os sabores, minha mãe disse que eu não deveria me entupir de chocolate ou calabresa àquela hora da manhã. Além do mais, não ficava bem comer ali, diante do povo e também da mídia, sem mesa, nem pratos, nem talheres, nem guardanapos.

– Por que não vamos lá pra casa – sugeriu – e tomamos um café da manhã civilizado?

Salete parecia preocupada com o estado de saúde do filho:

– Você tem de ir para o hospital. A sua camisa está manchada de sangue.

João garantiu que aquilo era um "arranhãozinho de nada" e, contrariando os conselhos da futura sogra, abocanhou uma fatia de calabresa fazendo careta para a câmera.

Uma *pizza* é presa fácil pra dois adolescentes em jejum, mas lembrei que Baby também estava faminto e dei-lhe um pedaço – de chocolate – quando ele saiu preso da casa.

Choro para todas

Precisava tomar um bom banho, lavar a cabeça com xampu e condicionador e trocar o vestido – emprestado da Adalgisa – por uma roupa decente e compatível com o meu corpo de 13 anos. Não que eu pensasse em me produzir! O que eu queria, ao contrário, era vestir uma camisola macia, desligar o celular, trancar a porta do quarto, mergulhar debaixo das cobertas e dormir um sono neutro, sem sonhos nem pesadelos, de preferência com a cabeça apoiada no colo da vó Nina.

Minha mãe mal esperou o meu primeiro bocejo pra dizer que era hora de voltar pra casa. O meu cansaço, porém, não chegava aos pés da saudade:

– Só volto pra casa – declarei – depois de passar na clínica.

Meu pai limpou a garganta e falou, com a mão no meu ombro:

– Você precisa relaxar, filha. Amanhã, a gente vai ao asilo pra ver os velhinhos.

– Mas que jeito de falar! – protestou minha mãe. – Aquilo é uma clínica, e não um asilo, para pessoas da terceira idade, e não para velhos. Além do mais, nem todos são baixos ou magros para serem chamados de velhinhos.

O ex-casal aproveitou este tema – o que era ou não politicamente correto – pra trocar farpas e agulhadas. A discussão foi interrompida pela diretora da escola:

– Foi graças ao seu texto, Joana, que a polícia conseguiu desbaratar a quadrilha da Zoraide. Você está de parabéns!

– Obrigada, dona Nélia. Mas quem teve a ideia de publicar a matéria?

Apolo deu um passo à frente e apontou pra Clarice:

– Agradeça à sua professora de Português. Ela acabou me convencendo de que, mesmo sem provas, você tinha escrito um texto com... Como é mesmo aquele palavrão?

– Ve-ros-si-mi-lhan-ça – disse Clarice, segurando o riso.

– Isso aí. Procurei, então, um amigo jornalista, que ficou impressionado ao saber que a autora era uma garota de apenas 13 anos... E que, além do mais, estava desaparecida.

Dei um beijo na Clarice e outro no Apolo. Enquanto ele me pedia desculpas por ter duvidado de mim, dona Nélia virou-se para os alunos e fez uma sugestão:

– Que tal agendar, para a próxima semana, uma nova visita à clínica?

– Não posso esperar tanto tempo – eu disse – pra abraçar a vó Nina.

Todo mundo achava que minha avó estava morta e que eu, portanto, tinha perdido o juízo. Só pude contar com o apoio do João:

– Eu vou com você, Joana. Dona Nina deve estar sentindo a sua falta.

PODEROSA 2

Será que loucura pega? Era essa a pergunta que todos se faziam, trocando olhares e cochichos. Minha mãe me segurou pelo braço como se quisesse me deter, mas meu pai concluiu que era melhor a gente seguir para o asilo, ou melhor, para a clínica e esclarecer de uma vez essa história.

O jornal circulava de mão em mão entre os internos, que olhavam com ciúme pra Adalgisa porque só ela fora citada na minha matéria. Mas, no fundo, no fundo, todos pareciam felizes e nos receberam com carinho. Tinham acabado de assistir pela tevê, em edição extraordinária, à notícia da prisão da Zoraide e só então descobriram que a supervisora, além de contrabandista, estava envolvida em um sequestro. A resposta que eu dera ao repórter, reclamando de fome, provocou uma inesperada disputa: as mulheres queriam que eu escolhesse qual delas faria o meu almoço.

Tinha encarado quase meio giga de *pizza* e não podia nem ouvir falar em comida. O corpo, porém, está condicionado a reagir aos estímulos. Mesmo com o estômago cheio, fiquei com água na boca quando foi anunciado o cardápio do dia:

– Caldo de feijão temperado! Hoje, sou eu quem vai cozinhar. Com a sua ajuda, Joana.

Da multidão que se reunira diante da casa da Zoraide, muitos colegas, professores e vizinhos nos acompanharam até a clínica. Boa parte dessa galera tinha comparecido ao velório da vó Nina, daí o espanto, o susto, o horror, quando ela entrou na sala de braços abertos e se debruçou no meu ombro.

Meu irmão era fã de desenho animado e, talvez por isso, não se abalou com a novidade; se havia heróis que viravam tochas de fogo, por que uma superavó não poderia escapar das cinzas? Minha mãe, em compensação, não conseguiu esconder a surpresa: sabia que a filha dava vida às palavras, mas jamais sonhou que eu fosse capaz de reverter a morte da vó Nina. Quanto ao meu pai, bem, ele não conhecia o poder da minha literatura e levou um bom tempo pra içar o queixo caído:

– É o fantasma da minha sogra – desabafou, esquecendo-se de que estava separado.

Minha mãe deu-lhe um cutucão e um conselho:

– Fantasmas não existem, querido. Fique tranquilo, que daqui a pouco eu explico tudo.

Depois de abraçar minha mãe, vó Nina encheu de beijos as bochechas do Xandi e apresentou o neto a um senhor de cabeça branca, cabelos na altura dos ombros e um *Z* tatuado na mão esquerda.

– Quem é esse cara? – perguntou meu irmão, sem um pingo de desconfiômetro.

Vó Nina começou bem:

– Este aqui é um...

Não sei como pretendia completar a frase. Um amigo secreto? Um admirador platônico? Um ex-futuro namorado? De repente, percebeu que estava em um beco sem saída... e tudo por causa do artigo indefinido! Decidiu, então, mudar a resposta:

– Este aqui é o Henrique!

Salete piscou pra vó Nina. Estava muito emocionada e falou, segurando a minha mão esquerda:

– Obrigada, Joana, por ter salvado o meu filho. Ele me disse que o tiro pegou de raspão, mas não acredito nessa história. Você escreveu alguma coisa, não foi?

Fiquei sem graça de responder na frente de todo mundo. A essa altura, as pessoas já haviam compreendido que não estavam diante de um fenômeno sobrenatural e formaram uma longa fila pra cumprimentar minha avó. O professor de Ciências levantou a hipótese de que ela fora vítima de catalepsia e explicou que esta é uma doença rara, caracterizada por rigidez dos músculos e paralisação dos movimentos voluntários: o paciente sabe o que se passa ao redor, mas

PODEROSA 2

não consegue se expressar e parece realmente morto. De acordo com outra versão, menos científica, quem estava dentro do caixão era uma parente da vó Nina; tudo não passara, talvez, de um mal-entendido... Ou uma brincadeira de mau gosto? Também havia os que não achavam nenhuma explicação razoável, preferindo celebrar o mistério e deixar a lógica pra mais tarde.

Por falar em mistério, vó Nina avisou que ia ensinar a receita do caldo de feijão temperado e rascunhou uma lista de ingredientes. Fui fazer a compra no mercado da esquina, na companhia de algumas colegas, e notei a falta de Danyelle. Leninha me deu a notícia:

– Ih, Joana, você nem imagina... Ela não quer comer, só fala de dieta e está mais magra que um esqueleto. Ontem à noite, foi parar no hospital.

Chegando ao mercado, pedi ao gerente uma caneta e escrevi no fim da lista de compras:

> *Dany também precisa de um futuro... e com urgência!*

De volta à clínica, levei as sacolas até a cozinha e deparei com uma plateia mista: os homens também queriam aprender o segredo do famoso caldo da vó Nina. Ela espalhou o feijão sobre uma mesa comprida, disse que contava com a ajuda de todos e começou a cantarolar uma cantiga de roda. O grupo sentou-se pra catar os grãos, mas parece que tinha entendido errado:

– Eu quero ajuda – esclareceu minha avó – pra cantar. A música, minha gente, é o principal ingrediente de qualquer prato. Se as cozinheiras não cantarem, o arroz gruda na panela, a batatinha não fica crocante e o bife vira sola de sapato.

Não pude deixar de confessar o meu recente fracasso culinário:
– Um dia desses, eu me atrevi a cometer um caldo de feijão. Foi um mico!
– Das duas, uma – explicou vó Nina. – Ou você se esqueceu de cantar, ou escolheu a música errada.

Os tímidos repetiram a velha desculpa de que eram desafinados, mas aos poucos a cozinha se transformou em um palco de cantores de banheiro. Ao som de antigos sucessos, vó Nina preparou o tempero e as carnes e jogou por cima o feijão batido.

De repente, lembrei que, dentre tantos amadores, havia um músico profissional. Fiz-lhe uma sugestão no ouvido:
– Por que você não vai buscar o sax e toca aquela música que compôs para a minha avó?
– Talvez mais tarde – disse Henrique. – Não sou maluco de sair daqui justamente na hora do banquete.

Levar o caldeirão fumegante até o refeitório seria uma tarefa arriscada: se alguém derramasse o caldo, teria de enfrentar não somente queimaduras, mas um provável linchamento. Pra evitar acidentes, a maioria preferiu ficar na cozinha. O tamanho da mesa não era problema. Quem se importava de comer de pé?

O aroma do feijão calou o coro, mas ninguém conseguiu fazer silêncio. O que mais se ouvia durante o almoço eram uivos de lobos famintos. Ao provar o caldo, os mais animados fechavam os olhos, esticavam o pescoço para uma lua imaginária e diziam huuuuuuuuuuuuum antes de mergulhar o focinho no prato. Houve, também, muitos aplausos – e não apenas por causa do caldo!

Lá pelas tantas, entrou na cozinha uma mulher com uma pasta, apresentou-se como Secretária do Bem-Estar Social do município e disse que estava ali pra escolher um novo supervisor para a clínica. Achava que a instituição deveria ser dirigida por alguém que conhecesse na pele os problemas da terceira idade e gostaria de saber quem teria disposição e competência pra assumir o papel.

PODEROSA 2

Pensei que Bené e Honório fossem lançar candidaturas próprias, mas ambos olharam na direção da minha avó. Ela estava à beira do fogão, ajudando a servir o caldo, e ficou sem fala ao ver que era alvo de todos os dedos e colheres.

A Secretária foi direto ao assunto:

– A senhora acha que dá conta de dirigir a clínica?

Vó Nina alegou que ia voltar a morar com a família, que nunca tinha trabalhado como administradora, que com certeza havia outros internos mais qualificados. Os argumentos não convenceram a Secretária. Ela pediu pra experimentar o caldo e também soltou um uivo de loba.

– Pra cozinhar assim – disse à minha avó –, é preciso talento, dedicação, inteligência, sensibilidade e mão firme. Esses são os ingredientes que todo líder deve ter.

Fazia apenas alguns dias que vó Nina estava internada, mas ela já conhecia de cor os principais problemas da clínica. Terminado o almoço, percorreu os quartos com a Secretária pra mostrar as goteiras no teto, o mofo nas paredes, os tacos soltos do assoalho e as camas comidas por cupim. A mulher ia anotando tudo em uma agenda e prometeu que faria o possível pra conseguir a liberação de verba para uma reforma emergencial.

Falando como supervisora, minha avó perguntou se essa verba não poderia ser esticada pra atender a antigas reivindicações dos internos, como um corrimão ao longo do corredor, piso antiderrapante nos banheiros, ventiladores de teto nos quartos e, se não fosse pedir demais, uma televisão nova, com tela grande e controle remoto. Ah, sim, e um aparelho de DVD, afinal há mais coisas entre o céu e terra além de novela e futebol!

As duas foram para a sala e sentaram-se no sofá, rodeadas pelos internos, que de cinco em cinco minutos interrompiam a conversa pra apresentar uma nova reivindicação. Quando as pálpebras começaram a pesar, eu me recostei no colo da vó Nina e realizei o desejo de dormir um sono neutro, sem sonhos nem pesadelos.

Não tenho hábito de fazer a sesta, mas essa durou a tarde inteira; já era quase noite quando abri os olhos e vi que ainda estava no colo da vó Nina. Sentada na mesma posição, ela me alisava o cabelo e tentava domar um fiapo teimoso que não parava atrás da minha orelha.

Olhei ao redor: quanta gente! A maioria dos meus colegas e professores permanecia na clínica, esperando a hora do jantar pra tomar a sobra do caldo. Ninguém parecia mais faminto, porém, que uma loura coberta de *piercing* que nesse instante apareceu na sala.

– Caldo de feijão? – ela adivinhou, respirando fundo. – Eu quero um prato bem cheio!

Danyelle estava muito magra, mas esbanjava energia. E, pelo visto, não se preocupava mais com dieta.

– Que bom ver você, garota! – pulei do sofá pra abraçá-la. – Se você está com fome, procurou o lugar certo.

As colegas não deram sossego a Danyelle:

– Você ficou mesmo curada?

– Precisa de terapia?

– Por que voltou a usar *piercing*?

– Ainda sonha com a carreira de modelo?

Danyelle garantiu que se sentia livre da anorexia, mas estava pensando em procurar um psicólogo pra evitar recaída. Tinha saído do hospital na hora do almoço e seguido direto para o *shopping*, onde comeu um *cheeseburger* com refri e sem culpa, depois entrou em um *studio* de *piercing* e enfeitou o rosto com pinos e argolas. Não queria mais saber de se tornar modelo, mas na fila do cinema conheceu um cara

PODEROSA 2

que era repórter e, por coincidência, estava escrevendo uma matéria sobre o comportamento da adolescência.

– E sabem o que aconteceu? – fez um bocado de suspense. – Fui convidada pra ser capa da próxima edição da revista!

Enquanto Danyelle distribuía autógrafos, vó Nina veio me dizer que estava preocupada. E se o caldo não desse pra todo mundo? Ela me avisou que ia à cozinha pra botar mais água no feijão, mas deteve-se ao ouvir uns acordes que pareciam vir da rua.

Aos poucos, o som foi crescendo e se tornando cada vez mais nítido: dava pra identificar um violão, talvez mais, e um instrumento de sopro. Quanto à letra, só lá-lá-lá, que afinal é o refrão de todas as músicas.

Vó Nina e eu percorremos a sala e fomos seguidas por minha mãe, Salete, Danyelle, Leninha, Clarice, dona Nélia, Adalgisa e todas as internas da clínica. Debruçadas na janela, vimos um grupo de seresteiros na calçada e descobrimos que havia dois violões, um do João e outro do Apolo, o instrumento de sopro era o sax do Henrique, meu pai tocava – quem diria! – um pandeiro, Bené e Honório completavam a percussão com as indispensáveis caixinhas de fósforos.

– Esta canção – eu disse à minha avó quando reconheci o *Choro para Nina* – foi feita especialmente pra você.

Era noite de lua cheia, a brisa suave arrepiava a nuca e não passou um só carro na rua na hora da serenata. O que mais eu poderia escrever?

Conheça também

SÉRGIO KLEIN

Poderosa

DIÁRIO DE UMA GAROTA QUE TINHA O MUNDO NA MÃO

3

FUNDAMENTO

Apenas parentes e pessoas mais próximas sabem que Joana Dalva transforma em realidade tudo o que escreve com a mão esquerda. Esse segredo, porém, acaba escapando entre os dedos. Enquanto luta para se livrar das ameaças de uma dondoca terrorista, a garota ajuda uma colega de sala a domar o pai autoritário, ensina à avó a linguagem da internet e tenta sobreviver às implicâncias do irmão caçula. Diante de tantos desafios, Joana Dalva corre o risco de perder o poder... Mas nem assim ela perde a graça!

Com um texto esperto e bem-humorado, Sérgio Klein transita sem cerimônia pelos dramas e comédias da adolescência e surpreende os leitores – de todas as idades – com uma imaginação **poderosa**.

EDITORA
FUNDAMENTO

www.editorafundamento.com.br | Atendimento: (41) 3015 9700